北方謙三の『水滸伝』ノート

北方謙三
kitakata kenzo

振り返ってみれば——まえがき

酒を飲んでいて、なにかがこみあげてくると、ふと感じることが、しばしばあった。立派な中年、と呼ばれる年齢に達したころである。こみあげてくるものの正体を、私は見きわめようとした。そして見えてきたのが、怒り、であった。それも、いま怒っているのではない。かつて怒っていたという、感情としてはすでに朽木《くちき》になったようなものであった。しかし朽木は、妙な重量感を持っていて、私にその存在証明を強いるのである。

若いころのように、いま怒れるのか。対象も定かではなく、どこにでもある混沌にむかって、怒りを発することができるのか。

実人生では、無理だろうと思った。若いころのように、無謀な情熱は抱けなくなっている。純粋で一途な馬鹿にも、さまざまなものが邪魔をして、なりきれない。

しかし、私は小説家であった。実人生とは別の生き方が、小説の中ではできる。そう思ったとき、私は構想中だった小説に、かつての怒りを注ぎ込むことに決めた。それは、『水滸伝』の登場人物たちが、体現してくれることになった。

私はこの作品で、革命を志した闘いと、それが潰《つい》えていく物語を書いたが、外郭のそれとは別に、かつて抱いた内的衝動を、さまざまに書き込んだと言っていいであろう。衝動であるから、抱いただけで消えていったものが大部分であるが、稿を進めながら思い出すことも、少なくなかった。青春の情念の再現を、小説で果たしおおせたかもしれない、と考えている。

全十九巻という長さは、はじめは想定もしていなかった。経験したことのない長さであり、振り返ると、よく書いたという思いと、支持してくれた読者に支えられてなんとか書き続けられたのだ、という思いが同時に湧いてくる。原典は、小説的昇華の対象にすればいいと考えていたので、これは私の『水滸伝』ということになる。そうでなければ、小説家である私がやる意味は、どこにもないからである。

時間が経って振り返れば、反省すべき点は多々あり、また悔恨の情に襲われることも少なくない。たとえば、死んでいった登場人物たちを思い浮かべると、なぜあそこで死んでしまったのだろう、という思いに駆られたりする。殺したのではなく、死んでいったのだ。それぐらい、登場人物たちは立ちあがり、生き、私の目論見などたやすく踏み破って、自らの運命に従った。しかし、はじめの描写をいくらか変えていれば、また違った運命を辿っただろう、という気もしてしまうのだ。

この作品の評価については、私の耳にはいいことの方が多く入ってくるが、まだ定まっていない、と思っている。書き終えてしまったものについては、私の手からは離れていて作品そのものの運命があるのだろう、と考えている。このような、執筆時のエピソードなどもまじえた本を出版できるのは、望外の喜びと言うほかはない。

北方謙三

目次

一

重なる二つの革命劇

『水滸伝』との出会いと、抱いた不満

私が最初に『水滸伝』を読んだのは、中学生のときです。物語のすべてを理解できたかどうかは分かりませんが、部分的に、英雄・豪傑が活躍する場面などを面白く読んだことは記憶しています。恐らくは子ども向けに翻案された読み物だったのだと思います。岩波文庫版の『水滸伝』を読み直したのは、高校生か大学生になってからです。そのころになると、物語全体の面白さや、舞台となった中国の宋《そう》の時代のありようといったものに関心が向くようになっていたのですが、さらに後年になって、小説家として読み直してみると、『水滸伝』はひとつの小説としては大いに不満が残った。不満に感じる部分がたくさん出てきたわけです。

もっとも顕著なのは、時制が統一されていないことです。これは、一人の作者が書い

たのではなく、たくさんの伝承・伝説・民話のようなものを寄せ集めて物語が出来上がってきたという、『水滸伝』の成り立ちに関わる問題なのです。そのほかにも、登場人物が戦《いくさ》で負けそうになると、昔の日活映画のように突然、ストップモーションになってしまい、援軍を呼びに行って妖術を使って敵をやっつけるのに一月《ひとつき》もかかってしまうといった、実に不自然な、マンガチックな場面がたくさんあるわけです。

こういった欠点があるにもかかわらず、『水滸伝』は登場人物のキャラクターの魅力が圧倒的なわけです。梁山泊《りようざんぱく》に集まる英雄・豪傑は百八人。そのうち本当にきちんとキャラクターが描かれているのは三十人くらいで、あとの人物は人数合わせのような部分もあるのですが、その三十人が、実に妖《あや》しい立ち上がり方をしているのです。これが私には大きな魅力だった。

そこで小説家としての私は、この魅力的な物語を自分の作品として作り直すために、今あげたような欠点を直していこうとまず考え、さらに『水滸伝』の原典が持つ決定的な弱みを克服しようと思ったのです。それは何かと言うと、それまで叛徒《はんと》・賊軍であったはずの梁山泊の面々が、敵対していた宋の招安《しようあん》を受ける、つまり賊軍としての罪を赦《ゆる》されて官軍になってしまうということです。彼らは政府に降伏して政府軍に編入され、それぞれ官位をもらい、政府軍として対外戦争に動員されて、次々に死んでしまいます。つまり、彼らには「叛乱の意志」が貫かれてはいないのです。これが小説としての最大の欠点、カタルシスを欠くという欠点になっているのです。

『水滸伝』には百回本、百二十回本、七十回本といったさまざまなバリエーションがあるのですが、明《みん》代末の金聖嘆《きんせいたん》などという人は、梁山泊勢が招安を受けた後の話を全部削除してしまったくらいで、それが七十回本なのです。

ですから、私の『水滸伝』では、この招安を受けないという大改編を加えることが大前提としてありました。

そもそも、私が『水滸伝』を自分の小説として書こうと志したのは、それより前に『三国志』を書いたことが大きな契機となったからです。『三国志』を書いたことで、中国の歴史の面白さと深さを知りました。しかし、中国人の本当の心情や思想が私に分かるかというと、それは疑問です。私はあくまで中国の歴史という舞台を借りて、日本人の心情を描こうとしたわけです。そして『三国志』に取り組み、それが終わると、今度はだいぶ時代が下った宋代の物語であり、私自身が愛読してきた『水滸伝』の世界を描いてみたいと思い始めたのです。

もちろん、先ほど述べたような『水滸伝』に対する不満のようなものを抱えていたことも、一つの要因でしょう。この不満を解消するには、結局は自分で書くしかなかったわけです。

ですから、いざ『水滸伝』を書くという段では、もちろん原典のストーリーやキャラクターは全部頭に入っていましたから、改めて原典を読むということは一切しませんでした。細部での影響を、回避したかった、というのもあります。ただ、「梁山泊の連中は招安を受けない」ということを大前提として、私の物語をつむぎ始めたのです。

『水滸伝』の掟を破る

原典の『水滸伝』には、いくつかの掟がありました。たとえば梁山泊に百八人の好漢が勢ぞろいをするまでの物語というのが、作品の中でもっとも大きなウェイトをしめているのですが、彼らが勢ぞろいするまでは一人の死者も出ません。ところが彼らが宋の招安を受けて戦に投入されるようになると、それこそバタバタと死んでゆく。これは物語としてはほとんど整合性がありません。それまでどんな危険に襲われても英雄的な活躍で生き延びてきた連中が、招安以後はちょっとした戦で死んでしまう。そして、百八人の英雄・豪傑が、櫛の歯が欠けるように減っていくわけです。これはあまりに不自然です。ですから、私の『水滸伝』では、この掟をあっさりと破ってしまっています。掟に従わないことで、これはあくまでも私の『水滸伝』だということを宣言したようなものです。

そのほかにも、小説として作り直すためにはいくつもの作業が必要でした。時制の統一ができていないということを、先ほど述べました。原典では、現在と過去の事象が混在して、時系列が乱れてしまうということが、しばしば起きています。これをすべて、きれいに時系列にのっとって整理する必要がありました。

さらに、招安を受けないという設定に替えてしまいましたので、梁山泊軍は宋と戦い続けることになります。宋の終末まで付き合わなくてはならなくなります。そこで、私は原典よりも十年、物語のスタートを早くしています。宋との戦いを十年長くしたわけで、そうすることによって、ようやく宋を倒すというところまでたどり着く、という物語を構想したわけです。

こうした作業が、私の『水滸伝』においてはもっとも大きな作業だったと思います。

キューバ革命との符合

私が『水滸伝』を書くにあたって、物語に託したもう一つの大きなテーマについてお話しします。かつて『三国志』に取り組んだとき、日本の皇国史観、あるいは万世一系史観というものを中国に移し替えて考えてみるということが、大きなテーマとしてありました。日本の歴史を覆っていたこうした歴史観を検証してみる必要を感じたわけです。もちろん、日本史の中でも、万世一系史観的なものを否定する、反皇国史観的な人物もいました。足利義満や織田信長がそうです。しかし、こうした皇国史観と反皇国史観とのせめぎあいのようなものを、日本の小説として描くのはやはり困難が伴います。

そこで、時代と場所を中国の三国時代に移し替えて、魏《ぎ》と蜀《しょく》との戦いの中でこの構図を描き直してみたのが、私の『三国志』だったわけです。呉《ご》はこの場合、日本の戦国時代で言えば関東の後北条氏のようなもので、対外的な拡張はやめて、自国だけを守っていこうとする、モンロー主義（孤立主義）のような存在として位置づけたわけです。

こういう作業をしてゆく中で、私は自分がどのような青春を生きてきたかということを、考え直すことになりました。私の青春時代は学生運動の時代で、国家のありようや自らの思想について、絶えず考えざるをえない状況でした。もちろん、今振り返れば浅い考えだったと思いますが、それでもあの時期、真剣に、純粋に、そして観念的に考え、導き出した答えがあったはずなのです。

『三国志』を書き終えた後に、あの時代の熱気のようなものが私の心の内に残っていることに気づきました。あのときの観念的な考えは、本当にただの観念にすぎなかったのか。あのとき、自分が熱くなれたものは本物だったのか、ニセモノだったのか。あのとき感じた熱さそのものは本物だったと、私は今でも思います。その熱さが何かを変えるということはなかったかもしれません。しかし、人生の中で熱い季節を通り過ぎたということは、何物にも代えがたい体験だと思います。そして、その季節をきちんと小説として描こうと思いいたったとき、『水滸伝』の存在が見えてきたのです。

私が学生時代をおくったのは、六〇年代後半から一九七〇年にかけて、いわゆる七〇年安保のころです。『水滸伝』を書くとき、当時の自分の考えや思想には果たしてリアリティがあったのだろうかと振り返ってみたのですが、ある一点において、明確なリアリティを感じることができたのです。それは、一九五九年のキューバ革命です。

革命を志す一部隊が、夜中、密かにキューバ島に上陸し、ジャングルの中に拠点を築いて同志を増やしてゆき、ついにアメリカのバックアップを受けたバティスタ政権を倒して革命政権を樹立する。したがって、キューバ革命はアメリカとの代理戦争でもあったわけです。私の学生時代というのは、それから十年もたっていないころなのです。キューバ革命は、当時の私たちにとっては間違いなく現実でした。革命や時代の変革というものに寄せるロマンティシズムを刺激する、もっとも新しく、そして最後となる世界的な革命劇だったわけです。

私の『水滸伝』に託したテーマとは、このキューバ革命を描き直すことでした。キューバ革命を描くことによって、自分の青春の熱さを再現できないだろうか、というのが、執筆時の構想でした。梁山泊というのは、当時のキューバと非常に似通った部分があります。梁山泊は梁山湖の中に浮かぶ島なのですが、これはカリブ海に浮かぶキューバ島と一致する。梁山泊は宋という大国の腹中にあって抵抗を続けますが、これは大国アメリカのすぐお膝元に位置するキューバと重なってくる。梁山泊の戦いとキューバ革命を重ねてみることができたわけです。

ですから、キューバ革命を意識しながら『水滸伝』を書くということは、常に私の心を熱くしてくれました。自分の青春を、実際の私の人生の中で甦らせることはできません。しかし、小説の中でなら可能なのです。あの熱い季節をもう一度、小説の中でなら、生き直すことができたのです。そして、それこそが小説なのだという思いも、私の中にはありました。

しかも、梁山泊にはリーダーが二人います。非常に対照的な二人でして、一人は茫洋《ぼうよう》として能力があるのか無いのかも分からない、それでいて人には慕われる。もう一人は非常に果敢な人物なわけですが、道半ばにして暗殺で倒れてしまう。これはまさに、キユーバ革命におけるカストロとゲバラに重なってくるわけです。キューバ革命というのは、私が『水滸伝』を書くために起こったのではないかと思うくらい、ピタリと符合しているのです。

暗殺で倒れてしまうリーダー、すなわちゲバラにあたるのが晁蓋《ちょうがい》、茫洋としていながら梁山泊を一つにまとめ、すこしずつ力を蓄えていく宋江《そうこう》、これがカストロにあたります。ですから、晁蓋と宋江の活躍を描くとき、私の心には常にキューバ革命があって、胸を熱くしてくれました。

『水滸伝』を書くにあたって、私は登場人物のイメージを明確にするために主な登場人物についてのメモを用意していました。しかし、この二人に関しては、それを必要としませんでした。カストロとゲバラに重ね合わせて意識される強烈な存在感が、すでにあったからです。晁蓋は雄雄しく戦って死んでゆく。宋江は組織を作り上げ、まとめてゆく。この二人がいたからこそ、梁山泊は宋という国家と対峙しうるほどの存在となったのだと、私は考えたのです。

キューバ革命は本物の革命でした。だからこそ、カストロがすでに高齢となり一線を退いた現在でも、キューバの体制は揺るがないのだと思います。ですから、『水滸伝』を書くということは、キューバ革命の持っていた、アメリカという大国を敵にまわした「革命」が現実のものとしてあったあの時代の熱さを、私の中に甦らせてくれたのです。

当時の学生運動は、マルキシズムによる革命を目指したものでしたが、本来左翼運動というのはプロレタリアート＝労働者による運動です。ところが学生というのは生産点を持たないのですからどうしても頭で考えるだけで、なおさらロマン的にならざるをえなかった。ですから、学生が労働者のために戦うということに対する内的葛藤はありましたし、学生がマルキシズムなどの革命理論を学び、その上で階級闘争に参加することで労働者の意識を高めてゆくことができるという、学生運動の先駆性理論などという考え方もありました。それが当時の学生の意識だったのです。

では、学生運動が何を変えたかと問われると、正直、答えに窮します。

昔の歩道は四角い敷石で固められていましたが、あれは釘などで起こすと簡単に剝がせるので、当時の学生はこれを割って投石に使っていたのです。これを防ぐために、あるとき日本中の歩道がアスファルトで固められてしまった。そうなると、以前は敷石の隙間から雨水が染み込むことができたのに、それができなくなって、アスファルトの歩道には水溜りができるようになった。学生運動が具体的に変えたものといえば、それくらいであると、私は若い世代から学生運動が何を変えたかと問われて、そう自嘲気味に答えたことがあります。

結局あの時代は、人生の中である一時期にだけ経験する熱い時代であり、しかも政治や国家について熱くなれる季節だったのだと思います。ただ私は、あの熱い時期をちゃんと生きた、純粋に生き切ったという思いがどこかにあります。それは、小説という形で再現する価値のあるものだと思っているのです。

梁山泊の二人のリーダー

『水滸伝』の下敷きとなった宋江の乱という事件が史実としてあります。これはちょうど方臘《ほうろう》の乱という、より大きな反乱事件が起きたのと同じころの出来事です。黄河流域で、三十六人の男が集まって、国家に対して反逆を企てるわけです。この三十六人は、実を言うと招安を受けていったんは対外戦争に投入されたりしているのですが、そのときの待遇がひどかったためにもう一度宋に対して反乱を起こします。

『水滸伝』は、この史実である反乱事件に材を取っているわけです。梁山泊に集まった「英雄好漢」たちは、上位三十六人の天罡星《てんこうせい》と、下位の地煞星《ちさつせい》七十二人に分けられるのですが、主要登場人物である天罡星三十六人は、宋江の乱に参加した三十六人と人数が一致しています。しかし、実際にはこうした一致は形のうえでの一致であり、一人ひとりのキャラクターはまったく別に造形されたものだと思います。

その宋江ですが、原典『水滸伝』に登場する宋江というのは、強くもないし切れ者でもないというキャラクターで、ある意味実につまらない人物なのです。茫洋としていて、つかみどころがない。ところが、中国の歴史小説に登場するリーダー像や、現実の歴史に登場するリーダーの姿を見返してみると、どうもこうした茫洋とした人物が多いことに気づきます。もちろん切れ者のリーダーもいますし、明を造った朱元璋《しゅげんしょう》のように、群雄割拠の時代を生き抜いてきたため、恐怖政治を布《し》くようなリーダーもいます。しかし、中国人はときとして、茫洋としてつかみどころがない人物に望むべきリーダー像を投影しているように思えるのです。

『三国志』を例に挙げれば、曹操《そうそう》はもちろん大変な切れ者でありますが、茫洋としたリーダーである劉備《りゅうび》についに勝つことはできません。実際の実力差は十倍にもなるのではないかといわれますが、三国の一つとして並び立つに留まります。これはつまり、劉備の持つ茫洋さというのは、その人間性に余白が多いということを示しているのではないか。余白が多いからこそ、下で支える人々が自分の存在や自らの思いを投影して、懸命にリーダーを支えたのではなかろうか。私は、余白の多い人がリーダーたりうるというのが、中国人の持つ一つのリーダー像の特徴だと思います。

私の『水滸伝』では、リーダーの宋江の人物像を作るとき、先ほど申しましたようにキューバのカストロと重ねる部分はあったのですが、同時に、強くもないし切れ者でもないという原典のイメージを生かしながらも、その一方で人の心を忖度《そんたく》することができるという能力を持ち、その力によって人々を引き付けるという要素を、宋江に加えました。中国人のリーダー像にそのまま従うならば、茫洋としているだけでもよかったのかもしれませんが、現代の日本人がイメージするリーダー像からすると、少々無理がある

席次	綽名	氏名	よ　み	北方『水滸伝』での職分	原典の職分
19	急先鋒	索超	さくちょう	林冲騎馬隊で青騎兵を統率	八虎将兼先鋒使
20	神行太保	戴宗	たいそう	飛脚屋を営む梁山泊通信網の要	情報探知統括頭領
21	赤髪鬼	劉唐	りゅうとう	致死軍所属後、特殊部隊飛竜軍を創設	歩兵軍頭領
22	黒旋風	李逵	りき	武松とのコンビで好漢をオルグ	歩兵軍頭領
23	九紋竜	史進	ししん	少華山隊長。騎馬隊中心的人物	八虎将兼先鋒使
24	没遮攔	穆弘	ぼくこう	元地方の顔役。本隊隊長	八虎将兼先鋒使
25	挿翅虎	雷横	らいおう	元将校。双頭山総隊長	歩兵軍頭領
26	混江龍	李俊	りしゅん	陸上の指揮官を経て水軍総隊長	水軍頭領
27	立地太歳	阮小二	げんしょうじ	阮三兄弟の長男。水軍隊長の１人	水軍頭領
28	船火児	張横	ちょうおう	張順の腹違いの兄。飛脚屋通信網を整備	水軍頭領
29	短命二郎	阮小五	げんしょうご	阮三兄弟の次男。軍師	水軍頭領
30	浪裏白跳	張順	ちょうじゅん	水軍で潜水部隊を育成	水軍頭領
31	活閻羅	阮小七	げんしょうしち	阮三兄弟の三男。水軍隊長の１人	水軍頭領
32	病関索	楊雄	ようゆう	元賊徒。致死軍隊長	歩兵軍頭領
33	拚命三郎	石秀	せきしゅう	致死軍隊長、後、二竜軍隊長	歩兵軍頭領
34	両頭蛇	解珍	かいちん	秦明部下、二竜軍副隊長	歩兵軍頭領
35	双尾蝎	解宝	かいほう	解珍の息子。重装備部隊担当	歩兵軍頭領
36	浪子	燕青	えんせい	闇塩における盧俊義の後継者	歩兵軍頭領

水滸伝三十六天罡星

席次	綽名	氏名	よみ	北方『水滸伝』での職分	原典の職分
	托塔天王	晁蓋	ちょうがい	頭領	初代頭領
1	呼保義・及時雨	宋江	そうこう	頭領	総頭領
2	玉麒麟	盧俊義	ろしゅんぎ	闇塩の元締め	総頭領
3	智多星	呉用	ごよう	元塾の教師。軍師	機密担当軍師
4	入雲竜	公孫勝	こうそんしょう	特殊部隊致死軍隊長	機密担当軍師
5	大刀	関勝	かんしょう	元禁軍将軍。本隊総隊長	五虎将
6	豹子頭	林冲	りんちゅう	元禁軍。騎馬隊総隊長	五虎将
7	霹靂火	秦明	しんめい	元将軍。二竜山総隊長	五虎将
8	双鞭	呼延灼	こえんしゃく	元将軍。本隊総隊長	五虎将
9	小李広	花栄	かえい	元秦明の副官。流花寨総隊長	八虎将兼先鋒使
10	小旋風	柴進	さいしん	名家の出。物資の管理担当	金銭糧食担当頭領
11	撲天鵰	李応	りおう	元李家荘保正。兵站担当	金銭糧食担当頭領
12	美髯公	朱仝	しゅどう	元禁軍将校。雷横の死後双頭山総隊長	八虎将兼先鋒使
13	花和尚	魯智深	ろちしん	梁山泊の志を説くオルガナイザー	歩兵軍頭領
14	行者	武松	ぶしょう	宋江の従者。その後、李逵とコンビを組む	歩兵軍頭領
15	双鎗将	董平	とうへい	元将校。双頭山総隊長	五虎将
16	没羽箭	張清	ちょうせい	元遼州の傭兵隊長。本隊総隊長	八虎将兼先鋒使
17	青面獣	楊志	ようし	元禁軍将校。二竜山頭領。最初の死亡者	八虎将兼先鋒使
18	金鎗手	徐寧	じょねい	元禁軍槍騎兵師範。主に遊撃隊を指揮	八虎将兼先鋒使

ような気がしたからです。

もちろん、実在の宋江の人物がどうであったかは、知るべくもありません。原典『水滸伝』の宋江は、『水滸伝』がまとめられた明代のリーダー像、望むべきリーダー像を反映して作られたものだと思います。

こうしたリーダーに率いられた梁山泊の英雄たちですが、彼らが持つ反逆の志、これは革命の意志といってもいいと思いますが、その精神的なよりどころとなるものとして、「替天行道《たいてんぎょうどう》」という冊子が存在するという設定を、私は作りました。原典では、この「替天行道」という言葉は彼らの旗印として書かれた文言にすぎないのですが、彼ら梁山泊の英雄たちを宋に対する反逆児、革命家としてとらえる私の『水滸伝』では、彼らの思想を象徴する言葉として、この「替天行道」を強く印象づけたかったのです。

革命家にはイデオロギーが不可欠なのです。イデオロギーとは、国家を造るために必要なものです。つまり、イデオロギーにもとづく国家観を持ち、人々を集めることができる存在、それが本当の革命家だと思います。その意味で言えば、日本には本当の革命も革命家も、ついに存在しなかったといえるのかもしれません。

参考資料：北方謙三『水滸伝』（集英社）、稲畑耕一郎編著『陳舜臣中国ライブラリー別巻中国五千年史地図年表』（集英社）

二

闇塩の道

国家を支える塩と鉄

原典『水滸伝』を読んでいて感じる不満の一つに、梁山泊の資金源、すなわち糧道《りょうどう》のことがあります。梁山泊には百八人もの英雄・豪傑が集まり、その部下を合わせると数万にもなったと原典には書いてあります。もちろん、これはいくらなんでも多すぎます。そもそも原典『水滸伝』にはこういったいい加減な記述が多く、たとえば梁山泊の大きさについての記述を全部真に受けて計算してゆくと、梁山泊は梁山湖からはみ出してしまうという始末なのです。いずれにせよ、梁山泊の軍勢は数千人といったところが妥当でしょう。

これだけの人数の糧道をどのように確保したかというと、梁山泊のメンバーがめぼしをつけた村を襲い、略奪してくるわけです。梁山泊は略奪で食べていたということなのです。そもそも原典では、梁山泊に集まったメンバーはけっして志を持って集まってきたのではなくて、人を殺して逃げてきたとか、何らかの理由で官憲に追われているとか、あるいは女に裏切られてやけになったとか、そんな理由なのです。

私は、『水滸伝』を書くにあたって、こういった設定自体をまず替えてしまおうと思ったのです。まずは、梁山泊には変革の志を持つ者が集まってくるということにした。もちろん、こうした志を持っていない人間も出てきます。彼らは友情のため、あるいは死んだ人間のために参加するという形にしましたが、基本的には、梁山泊に来るのは精神的に拠ってきたるもの、志を持つ者ということにしました。

となると、こういった志を持つ人間たちが略奪で食べているというのはいかにもまずい。そこで、時代背景となる宋の時代の様相について考えをめぐらせたわけです。宋代というのは、大変豊かな時代だった。お金さえあれば何でも買えたという、現代の日本のようなところだったのです。しかし、そうした繁栄とは別の次元で、国家にとって根本的に大事なものというのがありまして、これは中国が初めて統一国家となった秦《しん》の時代からまったく変わっていない。それは塩と鉄です。

中国の歴史上、塩と鉄だけはずっと国家が専売にし、管理下においてきました。つまり、塩と鉄は権力そのものといってもいいでしょう。そこで私は、梁山泊のメンバーが塩を扱うという設定を作りました。闇塩《やみしお》の生産から流通、売買に彼らは関わるわけです。もちろん、彼ら自身が闇塩という言葉を使っているのではなく、宋の側からみると、梁山泊が扱っているのは闇塩だということなのです。

そして、宋の専売に抗して塩を売り、糧道にするという設定を加えた結果、梁山泊の反権力という姿勢が明確になってきました。鉄や塩を扱うということは、反権力を象徴することなのです。私の『水滸伝』では、闇塩の道というものを糧道にすえることによって、梁山泊の反政府的、反権力的な存在感を持つことができたと思っています。

塩と鉄は、何しろ昔から国家の基幹をなしていました。漢の時代には、塩や鉄の専売制や流通についての議論を記した『塩鉄論《えんてつろん》』という書物――当時は紙がありませんから、竹簡や木簡を束ねたものに書かれたはずですが――がありまして、これは塩と鉄にまつわる、官僚のマニュアル本だったといってもいいでしょう。

鉄は重く、持ち運びも大変ですので、私の『水滸伝』では梁山泊の糧道を塩に設定しました。小説の中では、闇塩の道は北へ通じているということにしています。梁山泊のメンバーは宋の北に位置する遼《りょう》という国に塩を売りに行って儲《もう》けてくるのですが、これはあくまでも小説的な趣向でして、現実的には、実は中国の北部というのはそれほど塩に困っていたわけではありません。塩湖があって、岩塩を取ることができたらしいのです。

かつて宋と戦い、当時も緊張関係にあった遼の国に行き、塩を売って糧道を得る。その資金を元に宋に対して反権力の戦いを繰り広げるということになりますと、小説的には非常に整合性がつくわけです。ですから、北方では意外に塩が取れるという現実は、私はとりあえず無視してしまいました。北へと通じる闇塩の道によって糧道を確保したことで、梁山泊の戦いは、ますます反権力という色合いを明確に持つことができたのだと、私は思っています。

余談になりますが、塩だけではなくて、中国では昆布も重要な意味を持っていた産物でした。昆布は乾燥させると保存が簡単なので保存食として重宝されたのですが、ヨードを豊富に含んだ優秀な食品でもあります。中国の奥地では、このヨード不足を原因とする病気が非常に多かったので、漢方薬と同じ扱いだったともいいます。ですから、北方の海で取れた昆布と中国奥地の産物、あるいはその両者の仲立ちをする中国の南方で取れる砂糖などを交換する密貿易は、歴史的に絶え間なく続いていたようです。

食にまつわる中国の歴史と文化を調べてみますと、実に面白いことが分かります。中国というのは、典型的な流域文化なのです。東西に流れる揚子江（長江）や黄河、それぞれの流域は非常に似通った、共通する文化を持っています。つまり東西の文化は似ている。その一方で、南北の文化は大きく異なるのです。たとえば北の人間は米ばかりを食べていると元気がなくなってきます。これは今でも同じで、たとえば大学で米食の食券を手に入れると、何とかして麦のもの、たとえば饅頭《まんとう》の食券に替えようとするくらいです。逆に南の人間は、米を食べないとダメなのです。

南北の文化がどこで分かれるかというと、ちょうど黄河と揚子江の中間を流れる淮河《わいが》が境となっているようです。塩の流れもそうですが、鉄の流れ、人や文化の流れ、そういったものが全部、東西と南北の図式で考えると、見えてくるものがあるのです。

糧道と兵站を担う人物

闇塩の道を梁山泊の糧道として設定した際、私は糧道をきちんと管理する人間が必要であろうと考えました。古代から現代に至るまで、戦では兵力が重要なのは言うまでもありませんが、兵站《へいたん》もまた大事であるということがよく言われます。兵站が切れたらいくら軍事力があっても負けてしまうのです。

日本の南北朝時代に面白いエピソードがあります。後醍醐天皇たち南朝方が京都にいるとき、足利尊氏が十万の軍勢を率いて攻め込んできた。このとき楠木正成《まさしげ》が進言したのは、いったん足利勢を京都に入れてしまい、そののちに淀川の物流を遮断してしまおうということでした。そうすれば足利勢十万はすぐに飢えてしまうというわけです。この策は、戦術・戦略に無知な公家の失笑をかい採用とはなりませんでしたが、敵の兵站を切るという意味で非常に正確な戦略だったのです。

兵站を担う人間がしっかりしていなければ、戦はできません。したがって、私は塩の道を管理し兵站を管理する役割を盧俊義《ろしゅんぎ》という人物に担わせることにしました。盧俊義は、梁山泊の副将でありながら、原典ではこれといった特徴もなく、あまりパッとしない人物ですが、元は質屋で、古着屋を営むなど手広く商売をしていた人とされています。私はそこから発想を広げて、商人であるからこそ、盧俊義は闇塩の道を管理する人間として相応《ふさわ》しい。そして梁山泊の心臓ともいえる糧道、兵站を担っている人物だからこそ、副将となったのだという整合性をつけたのです。

宋の時代というのは、経済の規模が急激に拡大した時代ですので、その時代を描く物語にリアリティを持たせるためには、闇塩の道という糧道を継続的に管理し、兵站を確保することで宋との長期間にわたる戦いが可能となったのだということをきっちり描かなくてはならなかったのです。

今、私は『水滸伝』の続編に当たる『楊令伝《ようれいでん》』という作品を書いています。これは梁山泊第二世代が活躍する小説です。そこでは宋の力が衰え、梁山泊第二世代が徐々に宋を追い詰めてゆくのですが、そこまで長期間にわたり宋との戦いを繰り広げるためにはやはり闇塩の道という糧道＝兵站をきちんと確保するということが絶対条件となるのです。

梁山泊の戦いを、明確に反体制、反権力のものとして位置づけるためにも、そしてその戦いを宋を滅亡にいたるまで続けるためにも、闇塩の道というのは、私の『水滸伝』にはなくてはならないものだったといえると思います。

登場人物を通してみる宋代の諸様相

宋の時代を描くために、しかも時代のリアリティをかもし出しながら物語との整合性をつけてゆくために、塩だけではなく、宋の時代のさまざまな様相を私の『水滸伝』には織り込むことになりました。そうすることによって、宋代の暮らしが浮きあがってくると考えたからです。

私の『水滸伝』では、梁山泊の情報・通信をつかさどる存在として戴宗《たいそう》という人物を設定しています。彼は元は牢役人だったのですがのちに飛脚屋を始め、飛脚を駆使して梁山泊の通信網を発展させます。

もともと紀元前にさかのぼるころから、中国の情報通信技術は発達していました。燧《すい》という、いわゆるのろしを使った通信網がありまして、これは秦の時代から存在しましたし、漢の武帝の時代には、北方の匈奴《きようど》が攻めてきたならばすぐに都に伝達できるようになっていたといいます。恐らく中国の通信網は、世界でもっとも発達していたと思います。

私はその燧の伝統が続いていて、やがてそれが飛脚や船飛脚に引き継がれていったのだと思います。中国では「南船北馬《なんせんほくば》」という言葉がありまして、南は船での移動が主流で、北は馬が主流だったということです。情報通信も同じで、南では船飛脚が発達しました。それを踏まえて、私の『水滸伝』では船飛脚による通信網の拡充によって、宋に対抗するという話を盛り込んだのです。

梁山泊のメンバーの一人に、安道全《あんどうぜん》という医師がいます。彼は非常に優れた医師で、作品中では魯智深《ろちしん》の怪我をした腕を切りおとして壊疽《えそ》を防いだり、盲腸の手術をするなど、外科手術も行っています。中国には文字があったので医学に関しても古代にさかのぼる文献が残っているのですが、三国志の時代、すなわち三世紀ごろには、曹操の典医を務めたことでも知られる華佗《かだ》が「麻沸散《まふつさん》」と呼ばれる麻酔薬を発明して、外科手術を行ったと記録されています。すなわち、中国の医学は相当に進んでいたということです。現役の医師でもある作家の川田弥一郎氏に『宋の検屍官』という小説がありますが、宋の時代には、いわゆる法医学にかかわる検屍という技術、つまり死体を検査して死因の特定などをする技術や方法論がすでにあり、解剖学も進んでいたといいます。となると、宋代の医学はかなりの高水準にあったのは間違いなく、安道全の手術も、その意味では現実味のある話だと思います。

梁山泊で、厨房の指導を最初に行った朱貴《しゅき》という人物が登場しますが、実は宋代という時代は、食という観点で劇的な変化のあった時代なのです。何が変わったかといえば、それまで燃料といえば石炭を使っていたのですが、宋の時代にはこれを蒸し焼きにしてコールタールを抜き、骸炭《がいたん》というものを作るようになります。これは要するにコークスのことでして、非常に強い火力を生むことができるのです。そして、これをきっかけに強い火力で一気に加熱する今日の中華料理の本質が形作られたのではないかと、私は考えています。これは中国の料理の歴史における画期的な変化でした。

コークスの発見は、恐らく鍛冶にも影響を及ぼしたと思います。明確な史料があるわけではないのですが、コークスがもたらす高温によって鋼鉄が作られるようになったと、私は想像しています。

私の『水滸伝』には、料理の場面が時折出てきますが、これはいわば願望の産物で、お腹が空《す》いたときに書いたりします。つまり自分が食べてみたいものを書くということで、実際に料理のいくつかは作ってみたりもしました。小説というのは、書き手の願望と読む人の願望が一致したときに、思わぬリアリティを持つことがあるものなのです。

作品中、朱貴が魚肉入りの饅頭を作り、それが絶品であったという話が出てきます。私はその魚肉を鯉だとか草魚《そうぎょ》といった淡水魚のものと設定していたのですが、実際にある中華料理店の料理人が梁山泊の料理に挑戦するという企画がありまして、いろいろと試してみたところ、あまりに臭くてとても食べられない。臭いを消す工夫をあれこれしてみたのですが、ダメでした。試行錯誤の結果、まながつおで作ってみたら結構おいしくできたのですが、小説の中ではすでに鯉や草魚にしてしまっていたので、いたし方ありません。

梁山泊水軍の隊長を務めた阮小二《げんしょうじ》という人物は、私の『水滸伝』ではしきりに造船にも取り組んで、船の背骨に当たるキール（竜骨）に工夫を加えるなどの役割を与えています。実際、宋代の造船技術というのは相当なレベルにあったようで、すでにキールに肋骨《ろっこつ》のような骨組みが組み合わされ、そこに板を貼ることで船体を造る構造の船ができていたと考えていい。また、船の大型化に合わせてバラスト（船底に積む重し）が必要になってきたのですが、近年、宋代の沈没船が見つかり、船底に大量の宋銭を積んでバラストにしていたことが判明したのです。宋銭は日本などにも輸出されていまして、行きは宋銭をバラストにし、帰りは銭と交換した品や、あるいは石を積んでバラストにしたことが明らかになりました。

また、それまでは船の手入れをするのに、陸に揚げた船体に松脂《まつやに》を塗り、火をつけて焦がすということをしていました。そうすると船体の腐食を防ぐことができるし、木の中に巣くった虫を殺すこともできるわけです。それがこの時代には、コールタールを塗るようになってきます。こうした宋代における船の技術発達を、私は阮小二のさまざまな工夫や活躍に投影しているわけです。

『清明上河図』にみる宋の繁栄

総じて宋代というのは、経済の面でも生産技術の面でも大きく発達をみた時代で、とくに物流の発達は特筆すべきものがあります。水上交通の点では船が発達し、さらに運河がしきりに開発されましたし、陸上交通ではそれまで人が曳《ひ》いていた荷車を牛が曳くようになり太平車と呼ばれるようになります。

宋代の開封府《かいほうふ》を描いた『清明上河図《せいめいじょうかず》』という絵巻がありまして、こうした宋代の風俗や人々の暮らしが精密に描かれていて、非常に参考になりました。町の様子、船の姿、それに太平車の姿も、目を凝らしてみると見つけることができます。当時の開封府の繁栄振りはものすごいもので、商店は商売の競争が激しくなったため営業時間をのばし、とうとう朝まで営業し続けるようなところもでてきます。そのため開封府は不夜城と呼ばれるほどだったといいます。

宋代にはこうした史料、しかもビジュアルに見ることができるものがたくさんあります。なかでももっとも通説的な理解を描いたものが『清明上河図』だと思っていいでしょう。具体的に何が描かれているかを詳しく解説した絵解きのようなものもあり、非常に興味を惹《ひ》かれます。私は今でもときどき、これを見て楽しんでいるくらいです。

小説家は歴史をいかに描くか

このように宋代という時代は実に魅力溢れる時代なわけです。私は、もちろん宋代に限らず漢の時代を書くにしても三国時代を書くにしても、それぞれの時代における人々の暮らしを書くことには変わりはありません。しかし、なかでも宋の時代は書き甲斐がある。描写のし甲斐があるということです。着るもの、食べるものから日常に使うものまで、現代に通じるものが宋代にはたくさん生まれてきているのだと思います。

小説を書くという行為は、リアリティを積み重ねていくという行為なのです。それができなければ、そもそも小説は成り立たないのです。リアリティを積み重ねながら、全体として自分が何を書こうとしていたのかというテーマへと近づいていくというのが、

香

『清明上河図』部分（北京・故宮博物院蔵／ C.P.C.)

小説の方法です。書き甲斐があるということは、リアリティを積み重ねていくための素材が豊富に、しかも多岐にわたってそろっているということなのです。

それと同時に、宋代というのは腐敗の横行する社会でもありました。私が学生時代を送った当時にも、確かに腐敗といえるような状況はありました。政治家や官僚の汚職はいつも新聞を賑わせていましたし、逮捕者が出ることも珍しくありません。

しかし、私は社会の腐敗というものをもう少し観念的にとらえていました。人間が国家を造り組織を作る。それが成熟し、やがて劣化していくという過程で、人間の欲望や打算といったものが介在して腐敗を生み出してゆくのではないか。そう考えてみると、人間の本性のありようとしても、社会のありようとしても、腐敗というものは逃れがたくあるのではないかと思ったのです。そしてその腐敗と闘うという行為は、新しい国家を造り出すことにつながってゆく。

新しい国家を造るということは、一つの運動なわけです。運動体はすでにある制度を乗り越えようとする。そして、制度を乗り越えてしまった瞬間に、今度は自分が体制であり制度になってしまう。そうしたあたかも輪廻《りんね》のような状態で、国家や人の歴史はずっと繰り返されてきたのかもしれません。

いま、その歴史をどうとらえ直すかと問われるならば、私は人一人の生き方でとらえるしかないと思います。それが小説家の歴史のとらえ方なのだと思っています。

三

王道と覇道

宋末の腐敗と構造改革

『水滸伝』の舞台となった宋末という時代についてお話ししてみたいと思います。宋ができる前の十世紀、中国は五代十国と呼ばれる小国分立状況で、紀元前の春秋戦国時代と同じような混乱状況にありました。その中で大きな力を持ってきたのが周（後周）という国で、その世宗《せいそう》という名君がなくなった後、家臣の趙匡胤《ちょうきょういん》・趙匡義《ちょうきょうぎ》の兄弟が祭り上げられて宋という統一国家を造ったわけです。

統一国家となると、戦争の危機や隣国との緊張関係というものは基本的にはなくなりますので、軍事国家である必要はなくなり、商売などに対する国家の管理、締め付けなども緩んできます。つまり、統一国家となることによって、ある種の構造改革が行われたのです。それは民業の発達を後押しし、国家の繁栄をもたらしました。

こうした国の隆盛は、その一方で、資本主義ともいうべきものの宿命として貧富の差を引き起こします。今日の日本でも話題になっている「格差社会」が到来します。それと同時に、民業の発達によって、役人たちはそれまで持っていた自分たちの既得権益を失うことになりました。自分たちが利益を生み出すすべを持たない役人に残されたのは、許認可権だけです。さまざまな許認可権を駆使して儲けるしかなくなるわけです。そうした状態に追い込まれた役人がどうなるか。言うまでもなく腐敗です。組織の下部に発生した腐敗はやがて上部に及び、国家全体が腐敗によって飲み込まれてしまうのは時間の問題です。

そうした状況で、王安石《おうあんせき》という人物が宋の中期に現れて、官僚機構を改めて許認可権を少なくしようという新たな構造改革に取り組みます。この動きを受けた流れが新法党というグループとなり、これに対して役人の既得権益を守ろうという守旧派は、旧法党を称します。両者の争いは長く続き、政治の指導は後退していきました。つまり、宋末という時代は、民業が繁栄する一方で、官僚は腐敗して好き勝手をやっているという政治情勢だったのです。

北宋年表

西暦	宋	日本
		935　平将門の乱起こる
960	趙匡胤、後周の恭帝を廃して即位。国号を宋とする	
		1016　藤原道長、摂政に就任
1069	王安石、参知政事となり、新法実施	
1074	王安石、宰相を罷免され、左遷される	
1075	王安石、復職	
1085	神宗が没し、子の趙煦（哲宗）が即位。王安石の新法を廃止	
1100	哲宗が没し、端王趙佶（徽宗）が即位	
1101	摂政向皇太后が没し、徽宗の親政となる	
1115	女真の阿骨打が金を建国	
		1119　平正盛、鎮西に賊徒を討つ
1120	方臘の乱起こる	
1121	宋江の乱起こるが、まもなく宋に降る。方臘の乱制圧される	
1122	金、遼の燕京を攻撃。宋も続くが遼に敗れ、金が燕京を攻略	
1123	金、燕雲十六州のうち六州を宋に返還	
1124	西夏、金の属国になる	
1125	遼の天祚帝、金に降伏し、遼滅亡。金軍大挙して宋に向かう	
1126	金、宋の欽宗・徽宗を捕虜とする（靖康の変）	
1126～1127	金軍開封を陥し、北宋滅亡	
		1156　保元の乱起こる

徽宗の治世と民の疲弊

皇帝というものは、そもそも国家が大きくなったり王朝が長く続けば、力を失ってゆくものです。ある程度長く続いた王朝では、皇帝の親政はほとんど不可能になってきます。

『水滸伝』の時代の宋の皇帝である徽宗《きそう》という人物などは、自分の気に入った人物を能力に関係なく登用するなどの恣意《しい》的な政治を行い、朝廷を弱体化させてしまいます。登用された一人の高俅《こうきゅう》という人物などは、ただ蹴鞠《けまり》が上手かったというだけで出世した寵臣で、さまざまな悪政を働いたことで知られています。

徽宗という皇帝は暗愚だったともいわれています。しかし、もしかすると皇帝が何をしても、もうどうしようもないという絶望を抱いた人だったのかもしれません。個人的には、文人、画人としては優れた才能の持ち主ではあったようですが、彼の施政というものは、自分の趣味に走るなどの好き放題なものでした。

中国では、漢の時代から朝廷の蔵と国庫とは別で、朝廷の蔵のほうが大きかったりもします。国庫の蔵が空っぽなのに、朝廷の蔵には潤沢な資金が眠っているということもありました。徽宗は何万人もの陶工を集めて青磁を焼かせたり、全国から庭園用の巨岩・奇岩を集めさせる「花石綱《かせきこう》」という愚かしいことを行いました。こうした浪費や蕩《とう》尽《じん》が朝廷の蔵の資金だけで行われているうちはまだよかったのですが、やがては金もつき、徽宗は民衆からの徴発によってこうしたデタラメな政治を行うようになります。

こうなると、国の生産力は下がってきます。たとえ人を使役しようと集めたとしても、労賃を払っているうちはまだ大丈夫なのです。その賃金が市場に出回り、経済が活性化するわけですから。ところが、税金の代わりに人を集める徴発に頼るようになると、生産点から人がいなくなるということでもありますので、国家の、民の疲弊《ひへい》が始まります。もちろん、官僚の腐敗はさらに進行していきます。

青蓮寺と国家の立て直し

中国には隋の時代以来科挙《かきょ》という制度があります。これは基本的には人材発掘のために門戸を開く試験であり、誰にでも平等に開かれた出世・栄達への道筋でもあったのです。ところが、科挙の恒常化によって、役人がひたすら増え続けるという現象が起こります。役人が増大するとどうなるかというと、許認可権の奪い合いになり、権利関係の小さなところにまで賄賂が横行することになります。それによって、官僚機構の腐敗はより行政の小さなところにまで入り込んでしまい、国家の立て直しはますます困難になっていったのです。

宋末の時代状況は、こうしたものでした。民業が発達し、開封府のなかにある太平興国寺で行われる市などは、世界中の珍しい産物が売買される大変な賑わいだったといいます。しかし、その繁栄から一歩外に出てみれば、徴発に疲れきった民の姿があったわけです。

こうした状況では、王安石ならずとも、官僚機構の緩んだタガを引き締めようという動きはその後もあったと思います。私の『水滸伝』では、そうした動きを進める組織として青蓮寺《せいれんじ》という組織を創作しました。

国家のタガが緩み綱紀が乱れてきたとき、国家組織の中にあって改革をしていこうという動きと、もうこの国家はダメだから倒してしまおうという動きが生まれてくるのは自然の流れで、どちらが正しいということではありません。私の『水滸伝』では、前者を青蓮寺とし、後者を梁山泊としたわけですが、作品中でもどちらが正しいとは書いていません。歴史的に見ても、どちらが正しいということはやはり言えないのです。政治的な対立には、絶対的な正義というのは存在せず、相対的な正義しかありません。そして、最終的には政争に勝ったほうが正義だという結論が、歴史の中で繰り返し導き出されてきたのかもしれません。

したがって、宋末に起こった叛乱勢力=革命勢力と保守勢力とのぶつかりあいは、正義対正義の戦いでした。しかも相対的な正義同士のぶつかり合いです。ですから梁山泊を主人公とする私の作品でも、宋の側をけっして悪者としては描くまいと決めていました。個人として悪い人間は出てきますが、基本的には国家の体制を立て直そうという国家観を持って政治に取り組む人たちを登場させています。そうした存在を象徴するものとして、青蓮寺をおいたのです。

政治闘争においては、正義が悪を討つということはほとんどありえません。あくまでも相対的な正義同士の戦いです。そうすると、ともに絶対の正義でないならば、そこにどれだけの人材がいるかということが問題になります。そこで私は、青蓮寺には多くの優秀な人材が集まったということにしています。そもそも優秀な人材というのは、科挙を経て概ね政府に入っていきます。一方、梁山泊には科挙から落ちこぼれたような人が流れてきます。身体能力的には優れた人材、つまりは戦に強い連中が梁山泊にはたくさん集まりますが、頭脳の点ではどうでしょうか。それにくらべて、宋側の、とくに青蓮寺に象徴される集団というのは、まさに頭脳集団だったといえると思います。そして、その頭脳集団を守るために武装・武術集団が青蓮寺に付随していたという設定にしたのです。これは十分にありえたことだろうと思います。

宋代という時代には、優秀な人材は恐らく星の数ほどいただろうと思います。ただその優秀な人材が、汚濁・混濁した政府の中で自分の才能を生かし、自分の理想を生かしていけただろうかと考えると、体制の腐敗が進むとともに、徐々に難しくなっていったような気がします。それが宋代末期という時代の特徴なのだろうと思います。

宋軍の実態

宋には、軍の幹部となる人材を採用するための試験である武挙がありましたが、基本的にはあまり強い軍隊はありませんでした。統一国家なわけですから、武を重んじる必要がなかったということなのです。宋には大きく分けて、禁軍《きんぐん》と廂軍《しょうぐん》という二つの軍隊がありました。禁軍とは、近衛兵のことです。廂軍は地方軍といわれていますが、ほとんど軍隊とはいえないようなものなのです。軍を名乗ってはいますが、ほとんどは非戦闘員で、土木工事などに使役される存在でした。戦闘能力があるのは実際には禁軍だけで、地方の国境付近で戦闘があったりすると、まるで地方軍が戦っているように思えますが、実際には禁軍が出動していって戦っているのです。

したがって禁軍は相当な兵力が必要となります。原典『水滸伝』ではなんと八十万人もの大勢力だったとされています。そこまでは無理にしても、相当な数ではあったでしょう。そして、彼らが地方に駐屯したりすれば、それは地方軍と呼んでもいいだろうと思い、作品にもそのように登場させています。私の『水滸伝』に出てくる呼延灼《こえんしゃく》や関勝《かんしょう》、秦明《しんめい》といった面々は、きちんとした軍制の中に位置づけられているわけですから、作品中では地方軍と呼んでいますが、歴史的な正解を言えば、あくまでも禁軍なのです。

宋の軍隊はあまり強くなかったと言いましたが、もともと漢民族の軍隊というのはそれほど強くはないのです。歴史上、漢民族の軍隊が強かったことはあまりありません。始皇帝のときの秦という国は強かったとされていますが、実は秦という国は西方の民族の国なのです。西方には騎馬民族がいて、彼らは強かった。中原《ちゅうげん》にいる漢民族というのは、なぜ弱かったのか。それは土地が豊かだったからです。農作物がたくさん取れる土地では、軍隊が強くある必要はなかったのです。

宋という国全体を見たときにも、同じようなことが言えます。宋の北方には遼という国があり、宋は軍事的に脅かされていました。北宋の成立する以前の五代時代に後晋が、今でいう華北地方の燕雲《えんうん》十六州という地域を遼に割譲してしまい、漢民族の文明がそこを通じて遼に流れ込んでいきました。宋はさらに毎年、遼に金銭を贈ることによって遼との間に友好関係を結び、この関係は宋末まで続きました。宋から贈られる金額は、遼の国庫のかなりの部分を占めていましたが、豊かな宋にとっては、それほど大きな出費ではなかったのです。こうした状態では、宋の軍隊が強くなる必要はなかったわけです。つまり、宋という国は、自らの身を守るということも、軍事力ではなく経済力で果たしていたことになります。

孟子の唱える王者と覇者

紀元前にさかのぼる、戦国時代のことですが、孟子《もうし》という思想家が、君主のあり方について王道と覇道があるということを言いました。王道とは永遠に続くものであり、覇道とはその時々の覇者が行うものだということで、この二つを別のものとした上で、君主は覇道ではなく王道を行うべきであると唱えたのです。

春秋戦国時代は、曲がりなりにも前代の王者である周の王室が存続し、その状況下でさまざまな国が乱立して、その時々に力を持った国が他国を従えて覇者となり、王者のもとで覇道を行うという状態が続いていました。しかし、秦の始皇帝が統一国家を造ったとき、始皇帝は自らが王であると宣言したわけです。覇者が自らを王者だと位置づけたのです。この瞬間に、王道と覇道は一緒になってしまったのです。

秦が滅びたあとは漢が建つわけですが、武帝のころまでは皇帝の親政が続き、やがて漢が滅びると、また新しい王が現れて王朝を開く。すなわち、中国では始皇帝以後、王道を行う本当の王者は現れずに、覇道と一体化した王者が新しい王朝を作るということが繰り返されてゆくのです。したがって中国の歴史は、王が替わるたびに国家そのものがドラスティクに変わってしまうのです。

新しい王朝が開かれると、当初は王覇が一体化しているので強固な国家ができます。しかし、やがて王朝が長く続けば王者たる皇帝の力は弱まり、政治的実力者すなわち覇者的な存在がクローズアップされ、王と覇者とが少しずつ乖離《かいり》し、国家の衰退が始まります。『水滸伝』の時代の王である宋の徽宗は、まさにそうした王のあり方を象徴していると思います。

後漢末の混乱の時代には、王道と覇道の別を守ろうという動きも実はありました。後漢の王室が力を失い、黄巾《こうきん》の乱などの混乱もあって群雄割拠の時代になりましたが、そのとき董卓《とうたく》という実力者は、自らを漢の皇帝を支える覇者であると位置づけ、王者と覇者を分けようとしたのです。董卓はその後、呂布《りよふ》によって殺されてしまい、再び国内は乱れ、やがて魏呉蜀の三国鼎立《ていりつ》時代になりますが、まだ蜀の劉備という人は王道にこだわっていました。彼は自らの国を蜀漢《しよくかん》と呼び、漢王室を守り続けていくという思想を持ち続けていたのです。

これに対して魏の曹操は、覇者こそが王であるという、始皇帝と同じような発想をしていたのだと思います。曹操自身は帝位につくことはしませんでしたが、その死後に、息子の曹丕《そうひ》がただちに後漢の献帝を廃して自らが帝位につきました。これを受けて、劉備も呉の孫権《そんけん》もまもなく帝位につきますが、劉備はあくまでも後漢のあとを継ぐものとして自らを位置づけ、王者である漢を存続させたいと考えていたのでしょう。これ以後、中国の歴史では王者と覇者を区別するという意識はほとんどなくなってしまいます。

日本と中国の国家観

この王道と覇道という枠組みがどこに残っていったかというと、少し後の時代になりますが、実は日本で生きているのです。万世一系史観とも言うべき考え方がそれです。天皇家が連綿と続き、時の権力者すなわち覇者はさまざまに替わっていきますが、天皇家は変わらずに、王者として覇者の上にあり続けるという考え方です。そして、平和な時代には天皇家の存在はことさらに意識されることはありませんが、なにか大きな政治的混乱や国家的な危機に直面すると、王すなわち天皇が秩序の中心として立ち現れてくる。

前にも触れたように、こうした皇国史観、万世一系史観に風穴を開けようとした人物はいました。足利義満と織田信長ですが、しかしその二人ともが、なぜか不慮の死に方をしています。結局、皇国史観的なあり方、天皇制が本当に危機に直面したのは、第二次世界大戦敗戦後、占領軍司令官としてマッカーサーが上陸してきたときでしょう。その危機は、天皇自らがマッカーサーと会見して脱したわけです。その結果、現在にいたるまで、かたちはかわっても天皇家は存続し、選挙で選ばれた政治家——彼らもまた、覇者といえるかもしれません——が、天皇のもとで統治を行うという状態が続いているとみなしてもいいのではないかと、私は考えています。
王道と覇道を分け続けてきた日本のあり方も、王覇を一体化させてしまったために、王朝の交代によってドラスティクな変化を繰り返してきた中国のあり方も、どちらが正しいとも間違っているとも、もちろん言えません。それぞれに良い面、悪い面があったと思います。

中国は歴史上、何度も異民族王朝によって征服されています。女真《じょしん》族の金《きん》もそうです。モンゴル民族の元も、満州族の清《しん》も、いずれも異民族王朝が漢民族を支配下においていました。しかし、これらの王朝はやがて漢民族の文化に同化していき、王朝は中国の王朝、すなわち漢民族的な王朝へと変質していきます。ですから、漢民族はこうした異民族に対して深い恨みや憎しみは抱いたりしていません。百年単位のときを経て、こうした異民族王朝は漢民族と漢民族の文化に同化したのだから、最終的に勝利したのは漢民族なのだと、彼らは考えるわけです。

漢民族のこうした意識は、ある意味では中華思想に基づく優越感の表れなのかもしれませんが、王や王朝は替わってゆくものだという、太古にさかのぼる歴史に学んだ知恵なのかもしれません。王朝は滅び、国は替わってゆく。それならば異民族の王朝ができたところで絶望することはない、ということです。

私は、孟子はただ単に同時代の政治思想や国家観を語ったのではなく、国家のある本質を言い当てているのだと思います。国の体制がどうなったところで、つまり王朝がコロコロと替わったところで、王道と覇道というものはやはりあり続けるのだから、君主は王道を守るべきであり、覇道を目指すものは勝手に覇権を争えばよい。孟子は、本当はそういうことを言いたかったのかもしれません。

言い換えれば、王道と覇道が一体化しても分裂しても、いずれにせよ国家は民のために政を行う王道——それは神と人との間に立って仲立ちをすること——を必要とするという国家の本質を、どうも孟子は言い当てていたような気がします。

現在の中国はもちろん共産主義国家であり、君主はいませんが、こういった国家観からみると、その本質はやはり「共産党王朝」にすぎないという見方もできるかもしれません。

四

男と女の物語

林冲とその妻

私の『水滸伝』には、多くの女性が登場します。ところが原典『水滸伝』には、女性がほとんど登場しませんし、出てきたとしてもそれほど重要な役割は担っていません。女性がクローズアップされることは、まったくといっていいほどないのです。

原典の『水滸伝』は、すでに触れたようにいくつもの「約束事」によって成り立っています。しかし、小説のリアリティを求めようとするならば、こうした約束事は一つ一つ覆していかなくてはなりません。梁山泊に集まるまで、百八人の好漢が一人も死なないというのが、その最たるもので、この「掟」を破ることによって、私は自分独自の『水滸伝』を作り上げたということは、本書の冒頭に述べたとおりです。

それと同様に、男たちが生きていくならば、当然、女とも出会うはずです。女が出てこないというのは、それだけで不自然なわけです。しかも、もしかするとその女の存在が、ものすごく大きく男の心に響いてくる可能性だってあるはずです。それはわれわれの人生においてもそうだし、恐らく彼ら『水滸伝』に出てくる男だってそうでしょう。だから、私の『水滸伝』では女性をことさらに登場させたのではなく、むしろことさらに無視したりはしなかった、と考えています。

最初に登場する女性は林冲《りんちゆう》の妻ですが、彼女と林冲とのセックスシーンがしばしば出てきます。当初、林冲は心ならずも官軍に投じていたという屈折を抱えた人物として描いているのですが、妻とのセックスがその屈折の捌《は》け口となっているのです。心に抱えた鬱屈《うつくつ》の捌け口を女性との性愛に求める。これもまた、現代社会でも大いにありうることでしょう。

私は中国に限らず、歴史を舞台とした小説を書くときには、こうした現代でも通じる感覚というものをどこかに必ず入れなければならないと思っています。そうでなければ、現代の作家である私が書いて、現代の読者がシンパシーやリアリティを感じてくれるわけがないと思うからです。宋代の人物や社会を描くとしても、宋代の読者が読むわけではないのですから。あくまでも読者は現代の日本人なのです。

林冲は、妻のことを単なるセックスの相手、いわば性の捌け口として考えていました。しかし、その妻は悲惨な末期を迎えます。妻を失った林冲は、初めて妻との間に確かな愛があったことに気づき、心に大きな傷を負うことになる。

私は林冲というヒーローを小説の中に息づかせようとしたとき、この豪傑に「弱さ」を持たせようと思った。弱さを持つことで、人間的な深みやリアリティを持たせようと思ったのです。そして、妻を失ったことによってできた心の傷、それを林冲の弱さとして表現しました。本当は妻を愛していたのに、妻が亡くなるまでそのことに気づかず、妻に愛を伝えることもできなかった。そうした描き方をすることで、林冲の弱さを表現したわけです。その過程で、林冲夫妻の日常を描こうとするならば、セックスはどうしても避けて通ることのできないものなのです。

余談ですが、『水滸伝』を執筆中に、ある町の本屋さんの奥さん数人と話をしたことがあるのですが、彼女たちは「ぜひこの作品を息子にも読ませようと思ったのですが、息子はまだ中学一年なもので…」とおっしゃった。つまり濡れ場があるので二の足を踏んだのでしょう。「高校生になったら読ませてください」と答えたのですが、しかし、男と女が登場する物語である以上、セックスは決して排除するべきではないと、本心では思っているのです。

哀しみを抱えた武松

梁山泊に集う好漢の一人に武松《ぶしょう》という登場人物がいます。兄武大《ぶだい》の妻である潘金蓮《はんきんれん》と関係を持ってしまい、悲劇的な結末を迎えます。この二人の男女は原典『水滸伝』にも出てくるのですが、潘金蓮はどうしようもない性悪女でしかなく、武松は彼女に殺された兄の敵を打つために潘金蓮を殺すというストーリになっています。

しかし、私はこの一対の男女の物語を通して、もっと深い人間の本質や心情を描けないだろうかと企んだのです、そのために、武松は潘金蓮を初めて見たときから、すなわち兄に嫁入りする前からずっと恋心を寄せていた、ということにしました。しかし想いを寄せる女性は兄の妻となる。武松は少年期から青年期にかけて、ずっと自分のこぶしを岩に叩きつけることで己の心を殺し、潘金蓮への想いを我慢してきた。しかしとうとう我慢ができずに家を飛び出して梁山泊に参加する。たまたま家の近くに立ち寄ったとき、家に帰って兄嫁である最愛の人、潘金蓮と再会を果たす。そして兄が不在の折に、ついに武松は潘金蓮に寄せる長年の思いに堪えきれず、その想いを告げます。武松は、初めて会ったときの潘金蓮の声を、目の光を、言葉をすべて覚えていると語り、男の真情を彼女に正面からぶつけたわけです。そして、結果的には彼女を強姦してしまいます。

義理の弟に強姦された潘金蓮は、しかし武松の想いに触れたことによって、武松を受け入れてしまう。そして、武松を受け入れてしまったことを夫に対する裏切りだと感じて、翌朝、自ら命を絶つことになる。ところが、武松は、潘金蓮がなぜ自殺してしまったのか、まったく理解することができないのです。その行き違いの悲しみが、武松のその後の人生を決定してゆくことになるわけです。

武松の純粋な思いというのは、救いのない悲しさを湛えています。愛する人を結果として殺してしまった武松は、自ら死のうと何度も試みますがどうしても死ねない。武松は豪傑であり、ものすごい激しさ、強さを持った人物です。しかし、潘金蓮との間の悲しい物語、そして彼女の死をどうしても理解できないというもっと大きな哀しみを抱えているからこそ、より魅力的な人物となった。つまり潘金蓮との間の男女の心のありようというものをきっちり描いたからこそ、武松という人物により大きな深みを持たせ、人間的な魅力とリアリティを持たせることができたのだと、私は思っています。

『水滸伝』は、あくまでも好漢たちと宋＝体制との戦いの物語であり、男の物語です。しかし、こうした男と女のありようというものは、現代においても十分にありうることであろうし、男と女がいる限り、それこそ普遍的なことだとも思うのです。たとえ男の物語であっても、こうしたものを無視することなくきちんと描くことが、現代の小説を書く上で不可欠なリアリティだと、私は確信しています。

男と女の綾なす関係

もとは宋のエリート武官で、のちに梁山泊に参加する楊志《ようし》という人物がいます。宋の建国の英雄・楊業《ようぎょう》の子孫で、続・水滸伝ともいうべき『楊令伝』の主人公となる楊令の育ての親となる人物です。その妻となるのが済仁美《さいじんび》という女性。この二人の関係は、比較的想像しやすい男女関係だと思います。精神的に疲労困憊状態に置かれた楊志が、済仁美の胸にかき抱かれて安息を得る、という関係です。そして、楊志が戦場で孤児となった楊令を養子として済仁美に預ける。そのことによって、楊志と済仁美、そして楊令が擬似的な家族となり、関係が深まってくるという構図です。そして、こうした擬似家族としての心の絆が生まれた刹那、宋軍の手によって楊志と済仁美の二人は命を落とし、楊令は一人生き残るという悲劇的な結末が訪れるわけです。

楊志の済仁美に寄せる思いというのは、ある意味一般的な男の心情として理解しやすいものだと思いますし、済仁美もまた、男が感じる「いい女」として想像しやすいものになっているはずです。そういう男女のありようもまた、物語には必要なのです。すべての恋人、夫婦が激しく愛を交わし、熱情溢れる恋愛関係にあると考えるほうが、むしろ不自然でしょう。楊志と済仁美は、男女の関係としてはむしろ穏やかな家族愛のようなもので結ばれています。そして、彼らの悲劇的な死は、残された楊令の背中に貼り付き、楊令はその悲劇を背負って物語の後半、そして続編である『楊令伝』へと人生を歩んでゆくわけです。

済仁美に限らず、基本的に登場する女性はみな何らかの魅力をもつ女性として描いていますが、もっとも女性らしい女性として描いているのは、宋江の愛人である閻婆惜《えんばしやく》と、閻婆惜によって殺されてしまう鄧礼華《とうれいか》の二人です。

宋江は同志である柴進《さいしん》の間者・鄧礼華を匿うために、表向きはもうひとりの妾ということにしますが、そうとは知らぬ閻婆惜は嫉妬心から鄧礼華を殺し、鄧礼華と恋仲となっていた宋江の弟・宋清《そうせい》は逆上して閻婆惜を殺すという、いわばドロドロとした話なのです。しかし、閻婆惜と鄧礼華が繰り広げる嫉妬合戦というものは、ある種、女の本質をむき出しにしたものとして描けているのではないかと思います。

閻婆惜殺しの犯人とされた宋江は出奔し、逃亡生活を送ることになります。そして、結果的にこの事件に背中を押されるようにして、国家への反逆、反権力という立場を鮮明にすることになるのです。つまり宋江という人物は、女をきっかけとして大きく一歩を踏み出したといえるわけです。

そこに、閻婆惜の母親である馬桂《ばけい》という女性がからんでくる。馬桂は梁山泊を付け狙う青蓮寺の謀略で、宋江が娘を殺した裏切り者だと信じ、梁山泊へのスパイとなります。そして彼女を利用していた青蓮寺幹部の李富《りふ》が、やがて馬桂を愛するようになってしまう……まるでアラベスクのような複雑な人間模様が展開するわけです。

そもそも李富という人物は、常に冷静沈着、冷徹なまでの謀略家で、女性に恋をするような人物ではないはずなのです。しかも、馬桂はなにしろ閻婆惜の母親ですから、当時としてはすでに年増です。李富は権力者なのですから、女が欲しければいくらでも若い女を手に入れることができるにもかかわらず、なぜか二人は愛し合うようになる。そのあたりも、男と女の「縁」というものの不思議といえるでしょう。しかし、不思議な縁というものは、現実にもあるものです。理屈では割り切れない不可思議さ。それもまた、男と女の心のありようをめぐる真実なのです。

スパイとなった馬桂は、やがて済仁美の居場所を突き止めて、楊志と済仁美が亡くなるきっかけを作ります。その馬桂もやがて殺される。すると李富はショックのあまり髪も髭も白くなり、声もかれ、大きく変貌してしまう。しかし、そこからまた李富の新しい人生が始まってゆくわけです。

　こうして改めて私の『水滸伝』に登場する男女が綾なす関係をたどってみると、男と女を描くことによって、物語を構成するさまざまな要素を複雑に絡め合わせることが可能となったということが、お分かりいただけるでしょう。それは、「人間＝男と女」の真実に迫るために絶対に必要な要素であるし、小説を豊かに描くために必要な技法でもあるのです。

　原典『水滸伝』のように女性を物語から排除してしまったり、女に寄せる男の想いといったものを排除してしまったら、小説はやせ細ったものにしかならないと思います。

　中国の歴史を舞台とした物語を書くわけですから、当然、ある程度は歴史的な知識を盛り込んだりはしますが、宋の時代の人物がどんな考えでいたのか、男女の関係はどうだったのかと考えてみても、本当のところは分かるはずもありません。

　しかも、たとえば制度の面から見れば、中国の女性は奴隷や家畜のように扱われていたという事実があったとしても、そうした女性の描き方は、現代日本の読者には絶対になじめないでしょう。中国では人肉食という風習がある時期までありましたが、現代の読者は受け入れることができないだろうと予想できたので、私の『水滸伝』にはまったく描いていません。それと同じことなのです。現代日本の読者の心を動かすために、そうした要素はむしろ不要なものなのです。

しかし、男と女の心情というものは、時代が変わっても、国が違っても、なじめるものだと思うのです。ですから、私の『水滸伝』にはさまざまな女性が登場しますが、その心情や行動は、あくまでも現代の日本人が想像できるものであり、現代の女性と通じるものとして描いているわけです。

女性に向けてのメッセージ

私の『水滸伝』に登場する女性で、私自身にとっての「いい女」として忘れてはならない人がいます。金翠蓮《きんすいれん》という女性で、非常に不遇な境遇に育ち、女性としては「穢《けが》れた」存在として登場します。私はある言葉を書くために、この女性を描いたと言っても過言ではありません。その言葉とは、「人は、自ら穢れるのであって、他人に穢されるのではない」というものです。これはつまり、「自らを汚さない限り、汚れてなんかいないよ」という意味でもあります。

実はこの言葉は、心ならずも不幸な境遇に身を置いたりして、自らを汚れてしまったと思い悩んでいる女性に向けた、私なりのメッセージなのです。私の見るところでは、女性は堕ち始めると実に早いのです。だから、「自ら汚れたわけではない」という思いさえあれば、いくらかでも救われるのではないかということを、世の女性に伝えたかったのです。

『水滸伝』のサイン会を開いたとき、この言葉に触れて「(私は)汚れていないんですよね」と語りかけてきた女性がいて、私が「汚れてないよ」と答えると、泣き出してしまったということがありました。彼女には、私のメッセージが届いたということでしょう。作者としては嬉しいことです。

私の小説は、基本的には男の生き様、死に様を描くということを基本に置いています。しかし、それは必ずしも男の読者だけに向けて物語を書いているということではありません。私が描く男の死に様というものは、ある意味では女性に向けたメッセージでもあるのです。男とはこういうものであるというメッセージを、男にも、そして女にも発しているわけです。しかし、女性を描くことで女性に向けたメッセージを発するということ、つまり金翠蓮を描くことで「自らを汚さない限り、汚れてなんかいないよ」というメッセージを書くことは、私としては非常に珍しいことでした。あれだけの長編小説ですから、少しいつもと違うことを書いてやろうという思いがあったのかもしれません。

金翠蓮は、やがて宣賛《せんさん》という顔を醜く毀《こわ》された軍師と結ばれます。金持ちの妾に何度もなるなど辛酸を舐めた金翠蓮には、人の醜さとは心の醜さなのだ、汚れるということは心が汚れるということなのだということがよく分かっていたわけです。だからこそ、宣賛の心の純粋さを理解し、愛することができたのです。そういう女性だからこそ、金翠蓮は私にとって「いい女」であるということなのです。

もちろん、私にとっての「いい女」ですから、読者がどう受け取るかは分かりません。私はもともと、読者はただ一人と思って小説を書いています。本を介在して、その向こう側にいるただ一人の読者に向けて書くという意識なのです。その、誰かは分からない一人の読者に向けて、「自らを汚してはいけない。いい男を見つけるためにはいい女になりなさい。いい女になれば、顔やみてくれではなく、心の正しさや美しさが見えてくるものなのだ」ということを、伝えたかったのです。

もう一人、扈三娘《こさんじょう》という女性についても触れておきましょう。彼女は武術の腕前があり、梁山泊の一員として活躍する女性で、『水滸伝』随一の美女でもあります。私は、彼女を「美人だけれど、嫌味な女性」というイメージで描きました。そういう女性は、おそらく読者の方の周りにもいることでしょう。

扈三娘は自分が置かれている境涯について、あまり把握していません。しかし、ふとしたときに自分が思いを寄せている男がいるということに気づきます。その相手は、梁山泊の頭領である晁蓋《ちょうがい》なのです。ところが、やがて晁蓋は暗殺されてしまいます。すると、扈三娘はもう誰と結婚しても構わないという心境になり、宋江の奨めるままに王《おう》英《えい》という武将と結婚してしまいます。

ところがこの王英という男は好色で、他に愛人を抱えていたりもする。それでいながら、扈三娘が恐くて家に帰れなくなってしまう。一方、扈三娘はというと、夫の愛人を梁山泊に呼び寄せ、子どもを産ませる。王英にとっては非常につらい状況だとは思いますが、要するに女というのは、基本的に非常に強いものだということなのです。先ほどの例にひきつけるならば、自らを汚さない限り、女性は男よりもずっと強いものなのだと、これは実感をこめて言えると思います。

女性の本質に迫るリアリティ

私の『水滸伝』には、兄嫁に思いを寄せ、しかもなぜその兄嫁が死んでしまったのかが理解できないでいる武松のように、女性に対する叶わぬ想いを抱えた男が何人も出てきます。孔亮《こうりょう》という、兄の孔明《こうめい》とともに梁山泊軍の将校となる人物が出てきますが、彼はある商人の妻となった女性に惚れているのに、とうとうそれを告白することができずに、その想いを抱えたまま梁山泊軍に参加することになります。

また、のちに宋江の供として梁山泊に加わる欧鵬《おうほう》という男などは、好きな娘が上司である軍隊の隊長と関係を持ってしまったことに腹を立て、隊長を殺してしまいます。しかし、自分ではあくまでも娘が隊長に強姦されそうになったところを助けたのだ、と思い込もうとしているのです。

梁山泊に加わる男には、こうした女性に対する叶わぬ思い、屈折した想いを抱えた者が少なくありません。彼らはそうした満たされない思いを埋めるために、梁山泊の志、反権力の志を求めたという側面があるのです。これも、私の周りを取り巻く現実に目を向けてみると、実際にありうることなのです。純粋に志に向かうという人も、もちろんいるでしょう。しかし、現実はそのようなきれいごとだけでは成り立ちません。女性に対する満たされない思い、屈託から志を求め、それを自分自身の生き方に転化してゆく。それもまた、人間の真実なのです。

これは、あらかじめ意図したのではないのですが、そういう人間の真実、志というものの背景にある現実を描くために、私は彼らを描いたのかもしれません。このように、作中の人物には、作者である私の人生観や女性の好みが反映しているのは当然ですが、作中の人物を通して、自らに対する戒めを語るということもあります。

梁山湖のほとりで食堂を営み、のちに梁山泊で厨房の指導をするようになる朱貴《しゅき》という人物がいます。彼は人生の晩年と言ってもいい時期に、若くて心優しい陳麗《ちんれい》という妻を娶ります。男としては、いわば理想的な生活を送ることになるのですが、やがて若い妻は病を得て死んでしまう。理想的な幸福を手にしたとたん、それを喪失してしまうわけです。

その後、朱貴は淡々と人生を送り、梁山泊の対岸で船隠しの管理を行うのですが、私はこの朱貴に、そして朱貴の晩年の姿に、「男が晩年に恵まれすぎると、そこには喪失が待っている」という教訓めいた感懐を、自分に言い聞かせるために描いているのです。男は、自分が恵まれているなと思った瞬間に、喪失を思わなければならない。幸福の、特に人生の後半に入って手にした幸福のすぐ隣には、喪失という大きな悲劇が必ず口を開けている。男というものは、常にそれを意識しているべきである、というのは、まったく私の人生観であり、自分自身への戒めでもあるのです。

ところが女性はそうではありません。たとえ幸福を喪失したとしても、たとえば愛する男を失ったとしても、男に較べればずっと早く立ち直り、次の男を見つけることができる。それが女の強さだと、私は思うのです。

もう一人、印象的な女として楽大娘子《がくだいじょうし》という女性を紹介しましょう。楽和《がくわ》という歌の名人でもある梁山泊軍の将校の姉で、孫立《そんりつ》という武将と結婚します。非常にわがままな女で、孫立に惚れていながら、孫立にはできないことをさせてくれる男がいると、すぐにその男になびいてしまう。金を持っている男がいると、これになびく。しかし、もっと金をつぎ込む男が現れると、すぐに乗り換えてしまうような女です。

やがて、楽大娘子の勝手な振る舞いは梁山泊に害をもたらすようになり、孫立は梁山泊の幹部である呉用《ごよう》に命じられて愛憎半ばするこの妻を殺してしまいます。実は、孫立と楽大娘子という不幸な夫婦は、そうした男女の愛憎を描くために登場させたようなものなのです。妻を殺した後の孫立は、戦場でいつも死に向かって突き進んでゆくような男になってしまいます。それが男のあり方だと思います。

しかし、たとえば楽大娘子が殺されなかったら。用心棒でも雇って、逆に孫立を返り討ちにしていたならばどうなったか。恐らく彼女はより金持ちの男を見つけて贅沢な暮らしを楽しむことになるでしょう。男は弱いが、女は強い。女性にとっては、もちろん気持ちも重要ですが、それだけではなく具体的な「現象」の上に気持ちがなければダメだと思うのです。その現象とは、たとえば贅沢や富であったりするわけです。「愛しているよ」という言葉をかけるだけではなく、たとえば贈り物を贈り、その上に「愛している」という言葉を添えたとき、女性はそこにリアリティを感じるという側面がある。そう言い換えれば理解しやすいでしょうか。そうした女性の象徴的な存在が、楽大娘子なのです。

もちろん、それはあくまでも私の女性観であり、そうではない女性もいるでしょう。すべての女性が同じであるはずはありません。しかし、私が描いた楽大娘子のあり方は、女性の本質の一つを明らかにつかんでいると、私は思っています。

なにしろ私の『水滸伝』はあれだけの長編ですから、登場する女性にもさまざまなバリエーションを持たせなければなりませんが、それぞれのキャラクターには、私が思う女性の本質が投影されていて、そのために女性のあり方の一つの典型とでも言うべき姿に描かれています。

たとえば、博打に手を出して借金に追われたのがきっかけで梁山泊に参加した張青《ちようせい》という男がいます。その妻孫二娘《そんじじよう》は、夫の愛を確かめるために銀の髪飾りをねだり、張青はそのために博打に手を出すことになるわけです。男が手に入れられないものを、あえて手に入れてみろと語る孫二娘は、まさに女性の典型の一つといえるでしょう。のちに張青は死んでしまいますが、孫二娘は自分の一言で夫の人生を大きく変えてしまったことを先々まで悔やみ続け、買ってもらった銀の髪飾りをいつも持ち続けます。心の傷となって残ってしまったわけです。それもまた、女性のあり方として、一つの典型だと言えると思います。

それでも孫二娘はその後、裴宣《はいせん》という男と再婚します。他にも夫に死なれて新たな男と結ばれる女性は何人か登場しますが、それもまた、女の強さだと思うのです。たとえば日本では、夫に先立たれた妻が髪を下ろして出家するという習慣が武家社会にはありましたが、それはむしろ、女の本質が、男に死なれたら新しい男を見つけるというところにあったからこそ、周囲の人間が社会的な強制力をもって出家させ、二夫にまみえずというモラルを外から押し付けようとしたのだと、私は思っています。

これも日本の話ですが、源義経の母親、つまり源義朝の妻である常盤御前は、夫の死後、その敵であるはずの平清盛の妾となって子どもを産んだと言われています。どちらかというとこの常盤のほうが、たくましくしたたかで強いという、私が考える女性の本質に近いのではないでしょうか。しかも常盤は歴史上実在の人物であり、創作上の人物ではないのですから、なおさらその感は強くなります。

今さら言うまでもないことですが、女性の人生はさまざまです。それを描き分けるのは、小説を書くときの楽しみでもあるわけです。ですから、か弱くてはかないだけの女性を描くことも可能ではあります。そういう女性は、ある意味では男の望む女、一つの理想であり、都合のよい女なのかもしれません。

しかし、そこには女性の本質に迫るリアリティは絶対に生まれないでしょう。もしそういう女性を描いたとしても、「なぜ夢物語のような女性を描くのか？」と、女性の読者にも言われてしまうように思うのです。私の『水滸伝』は、男の生き様と死に様をきっちりと描こうとしています。だからこそ女性もまた、ウソ偽りなく、その本質をとらえながらも類型的ではなく、きっちりと描き切りたかった。そうすることによって、『水滸伝』は男と女の物語としても、確かな手ごたえを持ちえたのだと、私は思っています。

五

戦いのリアリズム

リアリティを積み重ねる

すでに何度か述べましたように、小説においてリアリティはきわめて重要な要素です。『水滸伝』はある意味、徹頭徹尾戦いの話ですから、当然のように戦闘場面が多くなります。いきおい、戦闘場面においても、何らかのリアリティが必要になるわけです。もちろん、私は宋の時代の戦闘を実際に見たわけではありませんし、見た人など世界に一人もいません。それでも、作家の想像力と歴史的な知識を総動員することによって、戦いにリアリティを持たせることは可能だと、私は思っています。その場合の想像力には、もちろん、私自身の実体験の裏づけのようなものもあるわけです。

これは、かつて『三国志』を書いたときのことです。諸葛亮《しょかつりょう》孔明《こうめい》が登場する場面で、ふと困ったことがあったのです。孔明といえば、きれいな道服を着て羽扇を手に持ち、戦場では馬車か輿車のような乗り物に乗っているようなイメージが一般的です。しかし、私は実際に彼が戦に出た戦場を調べてみたのですが、そんな乗り物に乗って移動するなど到底不可能だったり、非常に困難な場所が少なくない。乗り物に乗っているほうが、かえって時間もかかるし、乗っている本人がつらいだろうという場所ばかりなのです。ですから私はためらうことなく、私の『三国志』では、戦場の孔明は馬で移動していることにしたのです。

要は、「ありえないこと」は描かないということが基本です。物理的・技術的にありえないことは描かない。ところが、「絶対にありえたこと」だけで物語を書こうとすると、どうしても話は窮屈になってしまいます。読んでいる人の想像力を刺激するような、面白い物語にならなくなる。

ですから、「ありえること」からスタートして、そこからさらに想像力を飛躍させる、というスタンスを取っています。その飛躍した部分には、たとえば『水滸伝』でいえば、好漢たちの超人的な強さといったものが要素として入ってきます。生身の人間の仕業とは思えないような力、強さを描く場合もあります。それでも、「ありえること」を土台に置いていることで、「もしかしたら、ありえたかもしれない」というリアリティ、絵空事ではない迫力が生まれてくると思うのです。

それでも、戦を描くというのは本当に難しい。苦労の連続なのです。なぜかというと、戦は軍隊と軍隊との戦いですが、小説にするときには個別具体的に、誰がどこでどうしたというディテールを書き込んでいかなければなりません。それでいて、ものすごい数の戦を書きながら、同じパターンの描写をするわけにはいかないわけです。それは小説家としてあまりに拙劣でしょう。

戦のあらゆる展開、起こりうるさまざまな局面を考えていかなければならない。そんなとき、実は私が参考にした重要な戦の資料があります。これは中国ではなくて日本の資料なのですが、防衛省防衛研究所の戦史研究室に、古代から第二次世界大戦まで、日本史上のさまざまな戦について地形や陣形、軍勢の配置など、軍事的な記録をまとめた膨大な史料が保存されています。その史料では、純粋に軍事的な観点から作戦行動の分析がなされ、「なぜこの軍は勝利したのか、それはあらかじめ高台に陣を布いていたからだ」といった分析結果を記してあるのです。

私は何度か史料閲覧室に足を運んで、そうした史料を閲覧しました。とくに熊本にある陸上自衛隊第八師団の戦史史料が充実していると聞き、そこにも行って史料を片っ端から見せてもらって、戦に関わる情報をインプットしました。

もちろん私は軍事の専門家ではありませんから、細かいことは忘れてしまいます。それでもいったんは理解した情報ですから、戦の場面を書いているとき、ふとした瞬間にそれが頭に浮かんできて戦闘場面の描写をする際の助けになったりもしたのです。これは創作の裏話のようなものですが、実際、そうした情報のインプットの作業をしなければ、戦の場面を——しかもあれだけの数の戦を——書くことはまず不可能だと、私は思います。

どういう作戦を取るか、どういう軍の動きにするか、指揮官はどういう用兵を行うのか、そういうことが作者の頭にあって初めて戦の描写には迫真力が出てきます。その上で、実際の描写では、たとえば超人的な強さをもつ登場人物がその強さを発揮する場面も出てくるわけです。それは小説の醍醐味の一つでもある。しかし、その超人的な場面の前には、今述べたようなリアリティの積み重ねが絶対に必要なのです。

もしそれがなければ、たとえば史進《ししん》のように巨大な鉄の棒を振り回して何十人もの敵をなぎ倒すといった好漢たちの活躍も、所詮は荒唐無稽なものになってしまいます。

戦の場面を含めて、私の『水滸伝』には馬が出てくる場面がたくさんあります。馬というのは、よく考えてみれば当たり前のことなのですが、いつまでも駆け続けられるわけではありません。全力疾走などは、実は短い時間しかできないので、適度に休ませなければならないのです。たとえば、いくら史進が強くても、乗っている馬は戦いの途中どこかで休ませなければならないはずなのです。当然、史進は馬を降りてしばらく休息をとり、馬の回復をじっと待つという場面を書くことになる。そういうリアリティがあって初めて、史進の超人的な働きにもリアリティが付与されるというわけです。

リアリティの積み重ねをした上で、小説的な想像力に基づく「飛躍」をする。それが小説的な、想像力の昇華ということだろうと、私は思います。

もちろん、一人で百人の敵を倒してしまうような超人的な活躍を、そのままファンタジー的に描くという小説もあるでしょう。しかし、それは私が書きたい、私が求めるリアリティのある小説世界とは別のものだと思います。

戦闘シーン以外のリアリティ

もちろん、そうでない小説世界も当然あります。たとえば大藪春彦さんの『野獣死すべし』など一連の作品に登場する伊達邦彦というスパイがいます。彼は二、三十人もの敵を相手に銃撃戦を繰り広げ勝利してしまうような無敵の超人です。しかし、そこには大藪春彦独自の世界とでも言うべき、リアリティがあるのです。

常識で考えれば、伊達のような無敵のスパイなど存在しないだろう。しかし、大藪春彦という作家が描く世界においては、不思議なリアリティを持っているのです。たとえば、銃撃戦が終わったとき、静寂の中で壁にできた弾痕から粉が「サラサラ」と滑り落ちる音だけが聞こえる、といった描写が、大藪作品の世界特有のリアリティをかもし出しているわけです。

大藪さんは、伊達邦彦という人物には超人的な活躍が「できるだろう」というところからスタートしている。私は、「それはできないだろう」というところに立脚して物語を書く。それは作家の方法論の違いであって、どちらが正しいとか、どちらが優れているという問題ではありません。リアリティを構築するための方法論の違いなのです。

先ほど私は、「ありえること」からスタートすると述べましたが、実際にはむしろ、「これはできない」というところから物語の展開を考えるというのが、ある意味では私が小説にリアリティを持たせるための方法論なのかもしれません。馬に乗って戦をする。しかし、馬は長くは走れない。休まなければならない。となれば、戦況がどうであろうと、どこかで馬を休ませ、自分が飲まなくても馬に水を飲ませ、塩を舐めさせる。その間、史進は二時間ただじっと待ち続ける。ようやく馬が走れるようになったところで、史進は超人的な戦いを展開するわけです。

そういう前提なしに、ただ史進が戦場に躍り出て何十人もの相手を叩きのめす、という描写とは、おのずから違ったものになるのは明らかでしょう。

そのような積み重ねが、小説においては重要なのだと私は常日ごろから思っていますし、『水滸伝』の執筆においても、常に念頭にあったことなのです。

戦いの場面に関して言えば、私の『水滸伝』には軍の調練シーンが何度も出てきます。

調練をすることによって、もちろん兵は精兵に鍛え上げられますし、軍自体が指揮官の意思になる。指揮官の意思の通りに動くことができるようになるのです。調練に調練を重ねることによって、指揮官の意思を集団の意思として実行することができるようになるわけです。戦というのは集団と集団のぶつかりあいですから、指揮官の意思がどこまで貫徹しているか、そして、どこまでその意思の通りに動けるかが、非常に重要になってくるのです。それは、戦史をみれば疑いようもありません。

私は、戦いのリアリティを求めるためには、戦闘シーン以外にも現実に立脚したリアリティの積み重ねが必要だと思った。だからあえて、調練シーンを何度も何度も書いた。しかも激しさのあまり、兵が命を落としかねないような厳しい調練の様子を描いたわけです。現実の戦において兵站が大事であるように、生身の馬に休息が必要なように、私の求めるリアルな軍団には、厳しい調練は不可欠なものだったのです。

情念やプロセスの重み

戦だけではなく、個人対個人の闘いの場面でも、同じことが言えます。

中国には武侠小説という人気のジャンルがあり、原典『水滸伝』も、その流れに位置づけられることもあります。これは大雑把に言えば、義理人情を重んじる「俠」たちが武術を駆使して闘いを繰り広げるという話なのですが、妖術のような不可思議な力を使い、手から気を発すると相手が吹っ飛んでゆくといった感じで、およそ現実離れしているのです。ですから、基本的に私の『水滸伝』では、こういった武侠小説的な描写はしておりません。

たとえば燕青《えんせい》と洪清《こうせい》という二人の人物が一騎打ちをする場面があります。燕青はもともと盧俊義《ろしゅんぎ》の従者で、闇塩の道を引き継ぐ男。これに対し洪清は青蓮寺の総帥・袁明《えんめい》のボディガードのような人物です。実は、燕青の前に、梁山泊の特殊部隊である致死軍《ちしぐん》の樊瑞《はんずい》という男が洪清と闘って打ちのめされ、その三日後に死んでいるわけです。

燕青と洪清の二人は、武器を使わず己の体だけを駆使する体術で対峙します。この場面は、実は読者に非常に人気があったのです。ギリギリのところですれ違い、相手に一発入れて、またすれ違う……、といった緊迫した場面。最後は燕青が勝つのですが、勝負がついた後も二人は言葉を交わします。その遣り取りは、まさに格闘家同士が相手に対する敬意を持ちつつ交わす会話そのものなのです。

私は夢枕獏氏の世界が好きで彼の格闘小説を愛読しています。格闘場面が実にいいわけです。人間はそこまでできるのか、ここまで闘えるのだろうかという局面があるのですが、それでもものすごくリアリティがある。最後に闘った同士が倒れこみ、疲れて二人とも動けなくなる。そこで言葉を交わす。「おい、楽しいなあ」と。それはまさしくリアリズムの世界でしょう。

人には限界があります。それがシロウトの喧嘩レベルではなく、高度な力と技を持つもの同士であっても、もう闘えない、動けないという状況はあるわけです。そこをきちんと書き込むことによって、迫真のリアリティが生まれる。私が『水滸伝』を書いた際にも、当然、そういった影響を受けているはずです。

もちろん、『水滸伝』の登場人物がみな素手で戦うわけではありません。実際にはさまざまな武器を駆使して戦うわけですが、やはりそこにもリアリティは必要だし、そこからちょっとした想像の飛躍を加えるというのも、小説的には重要なのです。

花栄《かえい》という弓の名手がいます。二竜山《にりゅうざん》などの副官から流花寨《りゅうかさい》の指揮官になった人物ですが、自分は指揮官として適任ではないのではないか、との思いに駆られて非常に思い悩むのです。その花栄が、ある戦いで放った矢が敵の楯を貫いて相手の指揮官に見事命中するという場面があります。鍛えに鍛えた弓の妙技、神技と思える腕前を披露したわけで、わずかその一矢をもって、周りの連中は「花栄こそが我らが頭領だ」と認めてしまうのです。

花栄は、その前にも穆春《ぼくしゅん》にからかわれて、弓の腕前も「手品じゃないのか」と揶揄《やゆ》される場面があります。花栄は仕方なしに岩に向かって矢を放つと、見事に矢は岩に突き刺さる。

岩に矢が突き刺さるのも、楯を貫いて敵を射止めるのも、よくよく考えてみれば現実離れした世界です。ありえないことでしょう。しかし、その前提として情念のありようがきちんと書かれていて、それに技が乗せられたときに、リアリティを持ちうるわけです。「ありえないこと」を「ありえたかのように書く」ということは、そこにいたる情念のありようをきちんと書くことで可能となる。花栄の場合、弓の神技を見せる前に、彼の葛藤や煩悶といった情念の世界があるからこそ、「ありえない」神技が、「ありえたかのように」見えてくるわけです。

魏定国《ぎていこく》という、のちに花栄に殉じて死んでしまう武将がいます。変わったことが好きで、瓢箪《ひょうたん》と火薬を使った瓢箪矢という武器を発明しています。これは触発性で相手に当たると燃え上がるという武器なのです。しかし、実際に触発性の武器を作ろうと思ったら、相当に大変なはずなのです。私自身の経験からいっても、触発性の火炎瓶を作るにはかなり苦労したものです。フタの裏側にいろいろと薬品を塗ったりしてみな工夫をするのですが、なかなか相手に当たってすぐ燃え上がるというものはできないのです。

魏定国は、研究に研究を重ねて瓢箪矢を作り出すのですが、その過程で、あるときに現実から飛躍しているはずなのです。瓢箪矢というのはあくまでも私の想像の産物なのですから。しかし、触発性の瓢箪矢という発想は、私自身が経験した現実を元にスタートしたものなので、いったいどこから飛躍したのかは、読者にはなかなか分からないような仕掛けになっているのです。しかもそこにいたるまでの試行錯誤や、魏定国の苦難が描かれているからこそ、飛躍の結果も絵空事にはならないのです。

梁山泊軍に凌振《りょうしん》という大砲一筋の男がいます。この男は大砲に使用する良い鉄があるから、梁山泊に参加したという筋金入りの大砲屋なのですが、新しくできた大砲を放つと砲身にひびが入る、すると鍛冶屋と喧嘩をしてもっと優れた砲身を作れと命じる。そういうことを何度も繰り返している、ほとんど大砲フェチと言ってもいい男です。

彼は魏定国の瓢箪矢に触発されて、やはり何度も失敗を重ねながら触発性の砲弾「瓢箪弾」を開発し、童貫《どうかん》が率いる宋の正規軍・禁軍と梁山泊との最終決戦になんとか間に合わせます。瓢箪弾は戦果を挙げるのですが、砲身が耐え切れずに自爆してしまい、凌振も命を落とします。瓢箪弾の活躍は、もちろん私の創作です。宋の時代には火薬を使用した火矢や、元寇の際に元軍が使用した「てつはう」のようなものはあったはずですが、梁山泊軍にそれを使わせたのはあくまでもフィクションです。しかし、その瓢箪弾開発にいたるまでの凌振の苦悩や試行錯誤の過程をきっちり描くことで、それもまた

「ありえたこと」に見えてくる。リアリティを獲得することができるわけです。

人智を超えない領域にとどまる

結局のところ、戦いのディテールにしても個人の能力にしても、あるいは武器にしても、「人智で抗しえないもの」は小説には使えないと私は思っています。「人智で抗しえない」ようなスゴイ武器、スゴイ能力を使ってしまうと、小説はとたんにリアリティを失って絵空事に近づいていてしまうのです。

私の『水滸伝』には、瓢箪弾以外にも、たとえば水流を利用して魚雷のように発射し敵船を沈める木製の「槍魚《そうぎょ》」のような新兵器も登場させています。これも、「二一 闇塩の道」で紹介したような、宋の時代の進んだ造船技術を念頭において、さらに工夫に工夫を重ねて、苦心に苦心を重ねて研究した結果、実現したという設定にしているので、けっして「人智を超えるもの」「人智で抗しえないもの」にはなっていないと思います。

林冲や史進は確かに強いですが、それぞれが得意とする槍や棒がなければ、それほど強いかどうか。そして、槍を手にした林冲や棒をもった史進は間違いなく強い。限りなく無敵に見える。しかし、絶対的に無敵なわけではありません。あの林冲でさえ、最後には死んでしまう。何しろ一番人気のキャラクターですから、読者から「あの林冲が死んでしまうのか?」という驚きの投書が来たくらいです。

しかし、林冲も史進も無敵ではない。結局は生身の人間なのです。その「生身」の感触が描けなければ、ただ強いだけのサイボーグのような存在になってしまったでしょう。強さというものは決して無限ではないということを、しっかりと描いていなければならないわけです。無限ではないからこそ、強さは逆に輝きを持つのではないか。強さというものは、いつ潰えるかもしれないという危険と隣り合わせでなければ、リアリティを持ちえない。ただ一方的に強いということを表現しても、リアリティはないと私は思います。

梁山泊軍の重装備部隊が、敵の城を攻めるのに卵鉄《らんてつ》という鉄の球を使う場面があります。巨大な鉄の球で城壁を壊すのですが、これは、一九七二年に起きた連合赤軍による浅間山荘事件の際に使用された鉄球が発想の元になっているのです。あのとき、警察では鉄の球を操ることができず、鉄球で建物などを壊す専門家がクレーンを操作したそうです。つまり、卵鉄という、ある種珍奇な武器も、現実にありうることだろうという思いがあって、使っているわけです。私が頭の中だけでひねくり出したものではないのです。

戦いの場面以外にも、似たような例はあります。

先ほど名前を出した燕青は、敵に捕まり拷問を受けて半死半生となった盧俊義を救い出し、敵の攻撃を受けながらも盧俊義を担いだまま北京大名府《ほっけいたいめいふ》から梁山泊までの遥かな道のりを歩き通すという超人的な活躍をしています。これも、常識ではありえないことでしょう。しかし、そこにいたる燕青と盧俊義との関係、そして闇塩の道の秘密を燕青に伝えようという盧俊義の執念、それに応えようとする燕青の思い、それが描かれているからこそ、この超人的な脱出行は確かな手ごたえを持つことができたのだと思います。

人のありようも、また武器のありようにしても、私はその背景となる人間の情念の世界や、現実に立脚しつつ情念をはらんだディテールの積み重ねを描いた上で、なおかつ人間の知恵では抗いようのない領域には踏み込まないギリギリのところで踏みとどまりながら描くことで、私の目指す小説に相応《ふさわ》しいリアリティと想像力との融和を図っているのです。

もちろん、すべてあらかじめ計算したとおりにことが運んでいるというわけではありません。しかし、そうしたことは私の作家としての執筆姿勢・執筆作法とでもいうべきものなので、体に染み付いていて、小説を書く際には意識せずとも自然に流れ出てくるものなのかもしれません。

先にも述べたように、小説的な飛躍は必要です。しかし、その根本にリアリティがあっての飛躍だから、どこに飛躍があったのかは読者には分からない。それが、私が考える理想的なあり方なのです。

体験が教えてくれたもの

私は『水滸伝』の中で「死域《しいき》」という言葉を使っています。これは怪我や病気の苦痛が取り払われ、まもなく死ぬであろう状態を意味しています。格闘場面などでよく出てきて、超人的な脱出行を実現した燕青も、梁山泊にたどり着いた後、いったん「死域」に身を置いて、帰還を果たしています。しかし、そういったものが本当にあるかどうかは、実は分かりません。

これは私の実体験なのですが、高校一年生くらいのころでしょうか。大学生の先輩と柔道の稽古中に、力も尽き果てもうダメだ、立てないと思った瞬間、その先輩に蹴り上げられた。すると、妙な意識の変化が表れ、なぜか不思議な力がわいてきて気がつくと再び先輩に挑みかかっている。しかも、蹴り上げられる前よりも軽快に体が動いているという不思議な体験をしました。限界の先に何かある、という体験をしたわけです。

もちろん、私の場合、その先に死があったわけではなく、ただへたり込んだだけでしたが、それでも限界だと思ったその先に、さらに力を出せることがあるということを、私は体感したのです。

日本の歴史の中にも、実は似たような話があります。あの新選組は、一人の敵を複数で取り囲んで斬り倒すという戦法をとっていたのですが、相手の顔に「死相」が見えたときには近寄ってはならないという話が残っているのです。「死相」が見えるときには、いくらその男を突き刺してもそう簡単には死なない。だから非常に危険なので、なるべく近づかずに遠くから弓矢や鉄砲でしとめるべきだというわけです。確かそういうことを記した史料が残っているはずです。恐らくは死の一歩手前で、そう簡単には死なずに最後の力を発揮するような不思議な領域が、昔の斬りあいの中で実際にあったのでしょう。

「死域」というのは、そういう私自身の体験や、新選組のいう「死相」などをベースに作った、私独自の言葉なのです。

余談ですが、私が柔道を始めたころはまだ体重別の試合はなく、東京オリンピックで初めて体重別の階級制が導入されました。その東京オリンピックで、柔道の中量級の金メダルをとった岡野功さんが、稽古をつけに来てくれたことがありました。実際に組み合ってみて驚いたのですが、手を触れた瞬間、私はもう飛んでいるのです。技をかけようなどと思ったときには、もう相手は目の前にいない。あっという間に投げ飛ばされてしまっているわけです。

一芸に秀でているということはどれだけすごいか、私はこれまで、いろいろな局面でそれを実感しましたが、なんといってもその嚆矢《こうし》は岡野選手でした。相手の強さを実感している暇もない。なぜ強いのかもよく分からないうちに、投げ飛ばされているわけですから。

ずいぶん後のことですが、私はボクシングの具志堅用高選手とも拳を交えたことがあります。当時の具志堅さんはチャンピオンで、確か十一回目の防衛戦を前に石垣島で体力づくりのトレーニングをしていたのだと思います。私はまだ作家になる前で、雑誌の取材で具志堅さんを訪ねたのです。

話の流れで、取材者である私と一ラウンドやってみませんか、ということになってしまった。ところが、体力づくりのキャンプですから、まだスパーリングはメニューに入っていなかった。だからスパーリング用の大きなパンチンググローブがなくて、試合で使う普通の六オンスのグローブしかないという、恐ろしい状況でした。

今考えると、まったく無謀な話なのですが、私は石垣島に行ってからずっとトレーニングに付き合っていて、一緒にシャドーボクシングやミット打ちをしていたものですから、なんとなく戦えるのではないかという気になっていたのです。

「チャンピオン、お願いします」と言って始め、必死にパンチを繰り出すのですが、そこに具志堅選手はいない。いないのです。ところがしばらくすると、今度は具志堅選手がすぐ目の前に現れる。拳を出せば届くほどの距離で微動だにしない。しかし、私のパンチは全部、具志堅選手の顔すれすれのところで止まってしまう。届かないわけです。

後で具志堅さんに聞いてみると、最初のうちは私の動きをかわしながら、私の足の位置を見ていた。すると、どこに足があるとどこまでパンチが届くのかが分かった。だから紙一重の距離をとることができるのだと。要するに私の動きはチャンピオンに完全に見切られていたというわけです。私は必死で打ちまくったのですが、結局、一発も当たらずじまい。それどころか二分半ほどで私が疲れ果ててダウンしてしまいました。

見切りというものの凄さです。それもまた、一芸に秀でた人の凄さを体感した、貴重な経験でした。これもまた創作の裏話のようですが、「見切り」というものは、私の『水滸伝』の戦いの場面でも時折出てきます。しかし、これは想像力の中からだけでは、なかなか出てこないものなのです。自分が経験したものをまず根底に置きつつ、そこから想像力を積み上げてゆくという手法で、初めて書くことができたという面があると思います。

私はもともと、現代小説などでも乱闘や殴り合いのシーンにリアリティがあると言われてきました。たとえば、相手に腹を蹴られて息ができなくなる。苦しさでのた打ち回っているうちに、ふっと肺に息が飛び込んできてまた立ち上がる――といった場面を書くと、すごいリアリティだ、よっぽど殴り合いの経験があるのですね、といわれました。

実は子どものころ、山に行って柿を取ろうとしたことがあります。渋柿なのですが、それが熟柿になってくると実にうまそうなわけです。なんとか取ろうとして木に登り手を伸ばした瞬間、枝が折れて見事に落ちてしまった。腹をしたたかに打って、息ができない。どうしようもなくてのた打ち回っているうちに、ふっと息が肺に入ってきたわけです――。

実は、私の描写の元になったのは殴り合いの経験などではなく、タネを明かせばこの柿をめぐる体験だったのです。でも、その肉体的な経験はやはり強烈なものでしたから、恐らく腹を蹴られれば同じようなことになるだろうと。つまり、それはあくまでも実体験に基づく想像の世界なのです。

もちろん、七〇年安保の学生運動に身を置いているころは、警棒で殴られるというような経験は普通にありました。ゲバ棒などは、実はそれほど恐くはありません。実戦ではたいしたことはない。ところが警棒は細くて軽いので動きが速いから、避けようがないのです。

全共闘にいた当時、私は二十人くらいの部下を率いていました。軍隊でいえば軍曹か伍長クラスといったところでしょう。ところがこの軍曹・伍長といったあたりは、戦闘では常に一番前に立たされるのです。当然、怖気づいたりしている仲間もいるわけで、全体の動きを見つつ彼らをうまく指揮し、警官隊の動きなども見通して行動をとらなければならない。一斉検挙のときには、どうやって逃げるかも考えなければなりません。あらかじめ機動隊とのゲバルト（戦い、衝突）になりそうなときは、前の日に行って、どこに路地があるかを調べておいたりもするわけです。

鍛え上げられた兵士ではなく、学生運動に参加していたのは普通の学生でしたから、『水滸伝』における好漢たちの戦いとはもちろん比較にはなりません。しかし、そういった戦いの場を経験しているのといないのとでは、先にご紹介した戦史史料を見たとしても、理解の度合いが違うのではないでしょうか。

あまり自慢できる体験ではありませんが、『水滸伝』の格闘場面には、こうした私の体験も何らかの影響を与えているはずです。戦いの臨場感を経験したからこそ書ける戦闘描写、それが私の『水滸伝』にはあると思います。

六

稗史《はいし》の中の真実

『水滸伝』の執筆を可能とした死生観

私が最初に中国の歴史を舞台として書いた小説は、すでに述べたように『三国志』です。その後、『楊家将《ようかしょう》』という作品を書き、『水滸伝』にいたったわけですが、どれも次から次に人が死んでゆくという小説でした。基本的に、登場人物を死なせてゆく作業というのは、まるで友人・知人が死んでゆくように非常に苦しいものなのです。けれど、それを乗り越えられたのは、自分自身のある体験があったからだと思います。

もう二十年も前になりますが、私はタクラマカン砂漠で死にかけたことがあります。パリと北京を結ぶラリーのフランス人の試走隊に参加したのですが、昼間の気温は四十度を越え、夜は零下二十度になる自然環境との戦いの中、道なき道を走るという過酷な旅でした。そこで私は、自分で運転する車が五回も横転するような事故を起こしまして、北方は死んだと誰もが思ったらしいのですが、後ろからついてきたフランス人のジャンマリーという男が私を見つけてくれて、「生きていたのか、良かったな！」と言って抱きしめてくれた。

私はそのとき、この男とは生涯の友達になれると思ったのですが、その年の暮れ、彼は別のラリーに出場してアフリカで死んでしまった。私はもちろんボロボロ泣きました。そして私はパリに行き、タクラマカン砂漠をともに走ったフランス人の仲間たちと会って彼の話をしようと思ったのですが、彼らはジャンマリーの話をしようとしない。名前さえ出てこないのです。私はすっかり頭にきてしまいまして、二か月も命がけの旅をともにしてきた仲間が死んだというのに、なぜあいつについて語ろうともしないのだと怒ったのです。しかし彼らは、ウイスキーを片手に「あいつはいい奴だった」と言って終わり。

私はこの態度にどうしても納得できず、隊長だけを自分の泊まるホテルに連れ出し、ホテルのバーで胸倉を摑んで詰めよった。すると彼は、かつてタクラマカン砂漠で事故を起こした私の元に駆け寄って無事を確かめてくれたときのように、私の頭の後ろに手

タクラマカン砂漠を走るラリー（著者撮影）

を回し、もう片方の手で私の頬をピタピタと軽く叩いて、こう語りかけました。

「いいか、ケン。あのときタクラマカン砂漠でお前は死んでいたかもしれない。でも、たとえ死んだとしても、オレにとっては死んではいない。心の中で生きているのだよ。ジャンマリーだって、オレたちの心の中では生きている。だからあいつの話などすることはないのだ。いつもここにいるじゃないか」

こういう死生観があるということに、私はハッと気づいたのです。そして、そのときから、たくさんの人が死んでゆく『三国志』も『水滸伝』も、自分には書くことができると確信しました。たとえ多くの人が死んだとしても、心の中に生きていさえすればいい。そういう死生観で、小説を書いていこうと決心したわけです。

死んでゆく好漢たち

作品の中で、死というものをどのように描いていたかを、何人かの登場人物を例に挙げて、具体的に追ってみましょう。

雷横《らいおう》という武将がいます。これは原典でも義侠心溢れる男として描かれているのですが、私の『水滸伝』では、宋軍に囲まれた宋江を救うために駆けつけ、宋江の身代わりとなって死んでゆきます。私はそのくだりを書き上げたとき、弔い酒でワイン一ビンを空けました。飲まなくてはいられない思いに駆られたのです。同時にそれは、弔い酒を飲みたくなるような人間として、雷横を書くことができたということでもあったのです。無我夢中になって雷横の生き様を書いているうちに、彼が「楽しかったなあ」と言って死んでゆく場面が自然に書けたのです。

鄭天寿《ていてんじゅ》という優男《やさおとこ》がいます。原典ではほとんど活躍をしていなくて、私の『水滸伝』でも、二竜山《にりゅうざん》の歩兵隊長ではありますが、それほど活躍の場面があるわけではありません。その鄭天寿が、ちょっとした戦で崖っ縁に陣取り、勝利を収める。ふと崖下を見下ろすと薬草が生えていることに気づきます。ちょうどそのころ、林冲《りんちゅう》と互角の腕を誇った武将・楊志《ようし》の養子、楊令《ようれい》が高熱を発しており、鄭天寿はその薬草を楊令のためにとって帰ろうと思います。鄭天寿はかつて弟を病気と飢餓で失っていたため、楊令を弟のように思って可愛がっていたのです。

具足を脱いで崖を下った鄭天寿が薬草を懐に入れた瞬間、足元の岩が崩れて、彼は命を落としてしまう。これは、まさしく犬死にです。私の担当編集者も、この場面を読んで「水滸伝史上、最大の犬死にでした」と感想を送ってきたほどです。

ところが、やがて楊令の病が癒えたとき、二竜山総隊長の秦明《しんめい》は鄭天寿が手にしていた薬草を楊令に示して言います。これはただの草だ。けれども、お前にとっては無上に大切な草なのだと。その瞬間に、鄭天寿の死は「生きる」わけです。死が「生きる」ということは、人間にとって確かにあるだろう。そういうかたちで、私は『水滸伝』の中に死を書いていきたいと思ったのです。

前にも述べたように、原典『水滸伝』では、百八人の英雄が梁山泊に集まるまでは、どんなに激しい戦いや危機的状況があっても、誰も死なないという掟があったのですが、私は物語にリアリティを持たせるため、早々にこの掟を破り、何人かは死んでゆくというストーリーにしてしまいました。すると、作品の連載中、読者から「この人物だけは殺さないで」という助命嘆願が寄せられたりもしました。

日本人の死生観、中国人の死生観

そういう中で、私は中国の宋代を舞台に、弔い酒を飲まずにはいられないような「死」を、そして自分の死生観をきちんと描くことができたのではないかと思っております。もちろん、日本人の死生観と中国人の死生観はまるで違うと思います。しかし、私にはやはり日本人としての自分の死生観しか、本当の意味では語りえません。ですから私の『水滸伝』でも、そこに描かれているのは、あくまでも日本人としての私の死生観なのです。

日本人の死生観といっても、もちろん複雑なものを含んでいますが、歴史的な言葉を使って一言で言えば、「一所懸命」ということだと思います。現代では一生涯、懸命に生きるというような意味で「一生懸命」という言葉に代わってしまっていますが、本来は、ひとつ所に命をかけるという、武士の死生観を表した言葉なのです。自分の「一所」すなわち領地を保証してくれる相手に対して命がけで奉公する、戦にも出陣するというのが、武士のあり方なのです。

それが戦国時代の初めごろからでしょうか、「忠義」という思想が持ち出されるようになってから、武士の死生観は変質してしまった。一所＝自分の領地のために命をかけるのではなく、主のために命をかけるというふうに変わっていってしまったのです。そして、「主は主たらずとも、臣は臣たり」という言葉があるくらいで、たとえどんな主であろうと絶対に逆らってはいけない。それが忠義であるということになってしまった。これは、下剋上をどうやって防止するかということで、管理者側が考え出した死生観です。それがやがて、夾雑物《きょうざつぶつ》をそぎ落としていって、『葉隠』に見られるような「無償の死」が、日本的な精神、日本人の死生観の代表的なものとされるようになっていったわけです。

もともと、武士の死生観というものは、一所を保証してくれる相手に、その見返りとして命がけで奉公するという「契約」だったのですが、やがて『葉隠』の世界、精神的・概念的な忠義へと変わっていったというのが、日本人の死生観を大きく左右したのだと思っています。

それはやはり、中国人の死生観とは大きく異なるものです。もっとも大きな違いは、恥の概念だと思います。中国人は、非常に長いスパンで物事を考えるという特徴があって、たとえ恥と思えるようなことがあっても、人の一生分くらいの時間を我慢すれば、回復されるという側面がある。孫の代に解決するならば、それで済まされてしまうという、ある種のおおらかさがあるのです。だから、恥だと思えるようなことがあっても堂々としているという、凄みもある。

それに対して、日本人は、その瞬間に白か黒かを決めてしまわなければ、それはすでに拭《ぬぐ》いがたい恥だと感じてしまう。ある意味刹那的なのかもしれませんが、時間によってごまかされない純粋さがあるともいえる。

いずれにせよ、どちらが絶対に正しいということはありませんし、死生観にしても同じです。結局は、それぞれが自分の死生観に応じて生きるということしかできないわけです。私の『水滸伝』に描かれる死生観が日本人としての私の死生観だというのは、つまりはそういう意味なのです。

原典『水滸伝』では、個々人の死というものについて、それほど細やかに記述されるということはありません。梁山泊に集まった百八人の好漢たちは、招安を受けて官軍となってからは、それこそ櫛の歯が欠けるように死んでゆく。時には五人、十人とまとめて死んでいってしまいます。そこには、一人ひとりの死をその瞬間のものとしてとらえないで、長い歴史の中のひとコマとしてとらえる中国人の死生観が色濃く表れているのでしょう。

そのあたりは、日本と中国の文芸のありようの違いとして考える必要もあるかもしれません。日本の文芸というのは、個人の死というものを重視する傾向があります。それは、日本の哲学が常に「死」というものを考えてきて、さまざまな死生観を生み出してきたという事情と結びついています。

これに対して、中国では常に国家観や世界観が重視され、個人的な死生観を説得力を持って人に伝えようという姿勢は、中国の文芸にはあまり見られないのです。

相応しい死に様と、再生への思い

梁山泊の好漢百八人の中で最初に死ぬことになるのは、さきほども登場した楊志という人物です。楊志は、息子の楊令を守るために壮絶な死を迎えます。しかし、楊志の志は息子の楊令に受け継がれていきます。つまり、楊志の死は楊令の中で生きていくわけです。私はそういう概念で彼の死を書いていきましたので、どうも楊志を殺してしまったという気があまりしていないのです。現実には楊志は肉体的には滅亡はしたわけですが、ちゃんとした「相応しい死」を、楊志には用意してあげることができた、きちんとした死に様を楊志には贈ることができたと、ある意味では満足しているのです。もちろん、何本かの酒ビンが空にはなりましたが。

それは、楊志に限ったことではありません。梁山泊の百八人のうち、七十人くらいが死んでゆくのですが、そのほとんどの死をきちんと書くことができた。死に様を与えることができたと思っているのです。

ただ、李逵《りき》というとてつもなく強い人物が登場しますが、何か危険を察知すると体が反応してしまうという人間なので、誰も殺すことができないのです。ところが、やはりこの人は死ななければならないと私は考えました。誰も殺せないのにどうやって死ぬのか。そんなとき、小説家はどう考えるかというと、伏線をはるしかないのです。私は李逵が最初に登場する場面から、実は彼の唯一のアキレス腱《けん》は、泳げないことだという伏線をずっとストーリーの中で張りつづけていきました。

そしていよいよ最後の場面、水軍で戦わなければならなくなって、結果、李逵は梁山湖に沈んでしまう。そこで、第一巻から延々と書いてきた伏線が生きてきて、泳げない李逵は誰に殺されるのでもなく、そこで死んでしまうということになるのです。

ほとんどの人間は、その人の人生、生き様を懸命に書いているうちに、自然の流れとして死に様が書けてきてしまうのです。やがて時期がくれば、そのような死を迎えるだろうというふうに、書けてしまうのです。こういう死に方をさせようと計画的に描いたのは、ただ一人。この李逵だけでした。

作品中、実は人が死ぬところばかり書いていたのではありません。私は、人間というものはいつだって再生する、生まれ変わるチャンスがあると思っています、しかし、ほとんどの人がそのチャンスを生かすことができない。それが人生なのでしょう。

しかし、小説の中ではそうではなくしたい。人間は再生が可能なのだということを描きたい。再生を一つのテーマとして描いてみたいという思いがありました。そこで、王《おう》進《しん》という人物が子午山《しごさん》という山にいまして、もはや再生できないようなすさんだ人間が、そこで王進と暮らしている間になぜか再生を果たすという場面を作ったのです。そのために、子午山の山中を人間の胎内に見立て、そこで暮らすことで、生まれ変わることができるという仕掛けを設けたりもしました。

その結果、再生を果たした人間というのは非常に殺しづらくなっている。作者が制御しづらい部分があるのです。ですから、再生を果たした人は、作中では一人も死んでいません。なぜ殺しづらいのか。それは、彼らが再生をする過程で人間が生きる意味のようなものをきちんと考え、それを身に付けて生まれ変わってくるから。生きる意味を背負って再生するからだと思います。

今、私は『水滸伝』の続編に当たる『楊令伝』を書いていますが、そこで彼ら再生を

子午山のある子午山嶺入口（著者撮影）

果たした人たちがどうなっていくかは、まだ分かりません。しかし私は、ひたすら人が死んでゆく物語を書きながらも、人の再生ということは、小説家として信じたいのです。

小説というのは、結局のところ人を描くものなのです。この『水滸伝』の場合、中国人を描いているのだけれど、日本的な心情を持った人として描いている。そして、彼らがリアリティのある人物として作品中に立ち上がり、自分の意志や感覚、あるいは自分自身の存在感を持ち始めてしまったら、もう作者には制御しようがありません。一人の人間が生きて、動いていくさまを作者は追いかけていくしかないのです。そういった状況になったときには、登場人物たちは見事な死を迎えてくれます。作者でさえ、なぜこれほど見事に死んでくれるのかと思うくらい、その人に相応しい死を迎えてくれます。

連載中、読者から登場人物の助命嘆願が寄せられたというお話をしましたが、なかには実際に死ぬ場面を読んで、こういう死に方はないだろう！という意見を寄せられたりもしました。私にも力の足りないところはあったかもしれませんが、私なりに懸命に書いたという気持ちもありまして、『水滸伝』というひとつの優れた文芸作品を、根本から解体して自分の『水滸伝』を書くという試みができたことは、作家としては幸せなことでした。

正史と稗史の狭間から見えてくるもの

中国でも日本でも同じですが、歴史には正史《せいし》というものがあります。いわゆる官製の歴史です。これは中国の場合、ある王朝が亡《ほろ》んだあと、次の王朝が国家プロジェクトとして作り上げるものなのです。国家プロジェクトですから、実に細かいところまできちんとフォローしていて、大変有用な史料となっています。

ところがもう一つ、歴史の中には「稗史《はいし》」というものがあります。正史に対応する概念で、言い伝えや伝説の類、あるいは噂のようなものも含まれていますので、当然のことですが史料としての信用度、信憑性については正史には比べるべくもありません。しかし、そうした稗史の中にも真実が潜んでいる可能性はあるのです。小説家としての私は、そこにも目を向けていたいと思うのです。

たとえば『水滸伝』も、『西遊記』も『金瓶梅《きんぺいばい》』も、ああいう文芸作品は稗史を寄せ集めて作り上げられたものでしょう。したがって、その中にはわずかな真実が含まれている可能性は十分にあると私は思っています。中国の歴史を勉強しようという人は、正史だけではなく稗史にも注意する必要があります。そして、『水滸伝』のような歴史的な文芸にも目を向けるということは、けっして無駄なことではありません。

正史というものは国家が作ったもので、それに対して稗史は民間で語り継がれてきたものですから、正史ではすくいきれなかった事実や、国家の枠組みや支配層の視野からは抜け落ちてしまう歴史の真実が、きっと稗史の中に潜んでいるはずです。歴史を学ぼうという方は、絶えず稗史というものの存在を念頭におくべきだと、私は思います。

非常に分かりやすい日本の歴史に例をとると、源義経という人物がいます。彼は衣川で死んだとされていますが、彼の死を惜しみ、死んで欲しくないと願う人たちによって、義経は実は北に逃げていったという伝説が語られるようになり、しまいには大陸にわたってジンギスカンになったというような話にまでなってくる。これはまさしく稗史です。

それが事実かどうかはともかくとして、話のどこかに真実が含まれているかもしれませんし、少なくともこうした伝承が民衆の願望を反映しているということは、疑いのない事実でしょう。そうしたものをすべて含んでの歴史なのだと、私は思います。ですから、歴史を学ぶのであれば、単純な事実だけを追いかけるのではなく、歴史に投影された民衆の願望やさまざまな思いにも目を向けるべきだと思いますし、そうすることによって、歴史的な視野というものが広がってゆくのだと思います。

『水滸伝』に話を戻しますと、やはり物語の舞台となった宋の時代、あるいは『水滸伝』が成立した明代の民衆の願望や情念といったものを含んだ稗史を元にして書かれた小説――それも稗史の一種ですが――、それが『水滸伝』なのです。私は、圧制に苦しむ宋代の民衆が、そこから抜け出る光を求めて描き出した物語が、『水滸伝』の原型なのだと思います。ですから、『水滸伝』の中には、宋代の真実、明代の真実が、それぞれ影を落としているのです。

私の『水滸伝』も、大きな枠組みで考えますと、稗史の一つと考えるべきかもしれません。もちろん、私の『水滸伝』は、あくまで北方謙三という作家の営みであり、作品でありますが、『水滸伝』を書き直すということを通して、私は中国の歴史を知り、宋代の歴史を学び、そして当時の民衆の思いに近づくことができたと思っています。

見方を変えれば、そういったすべてのものが、私という作家を通じて、新しい稗史としての『水滸伝』に表出された、結実したととらえることもできるのではないでしょうか。

七

心に残る人々

人生の転換を経験した好漢たち

私の『水滸伝』では、原典に登場する人物をまったく違うキャラクター設定で登場させたり、原典ではあまり重要な役割を与えられなかったような人物に、とても大きな意味を持たせせたりといった改変をたくさん行っております。それは言うまでもなく、私の『水滸伝』を一つの独立した、そして完結した物語として仕上げるために必要と思われる改変だったのです。

これまで、別の章でもそれぞれのテーマにそって、そうした人物についてご紹介してきましたが、改めてここで、原典ではあまり光が当たらなかったけれど、私の『水滸伝』では特異な役割を担った興味深い人物について触れてみたいと思います。わざわざ、重要な役回りを背負ってもらった人物なのですから、私自身、特に思い入れのある人物、そして魅力溢れる人物ばかりなのです。

なかでも原典と違って、存在感をもって立ち上がってくる人物の代表として、鮑旭《ほうきょく》という人物がいます。これは原典『水滸伝』では、ただのどうしようもない荒くれ者としてしか出てきません。私の『水滸伝』では、魯智深《ろちしん》の物を盗もうとしてめった打ちにされてしまうのですが、なぜか逃げられなくて魯智深に付き従うようになります。すると、腹が減ると魯智深が食べ物をくれるわけです。そんな体験はしたことがないので、鮑旭にとっては非常に新鮮だった。しばらくして、また魯智深の物を盗もうとしてめった打ちにされてしまう。しかし、食べ物がなくなると、魯智深は食べ物を分けてくれる。そんなことを繰り返しているうちに、魯智深から離れられなくなる。その後、鮑旭は王進に預けられます。王進の前で、鮑旭は得体の知れない恐怖を感じて、逃げることもできない。もちろん、王進は逃げてはいけないなどとは言わず、ただこの畑を耕せと告げる。しばらくの間、王進は「お前は荒くれ者で、ずいぶん人も殺してきただろう。俺も殺してみろ」と棒を持たせて打ち込ませるのですが、それをことあるごとに押さえ込みます。鮑旭に武術を仕込んでいるわけです。

また、王進の母・王母は、生まれたときから孤児だったので文字も書けない鮑旭の手をとって、文字を教えます。鮑旭の名前を書いてみせ、これがあなたの名前だと、なんども手をとって教えるわけです。このとき、鮑旭の意識の中では、すでに王母は自分の母親のような存在になっているわけです。あるとき、汗水たらして畑を耕していた鮑旭は、ひと休みした折に、木の棒を手にとって地面に「鮑旭」という自分の名を書いてみる。書けた！　鮑旭は、「これで母（王母）に褒めてもらえる」と、喜びを嚙みしめるのです。

こうした人物像は、原典に登場する鮑旭とはまったく異なるものなのです。原典の鮑旭はただの荒くれ者で、勝手に死んでゆくだけの人物です。それを、荒くれ者だという設定は変えずに、私が作った物語の中で、明らかに一人の人間として立ち上がってくる。それも人の心を動かす形で立ち上がってくるわけです。

この鮑旭を見事に立ち上がらせることができたことで、作者たる私は、原典にはほとんど登場しないような人物も、この物語の中で一人の人間として立ち上がらせることができると確信したのです。

四で紹介した武松なども、そういった人物の最たるものだと思います。原典では兄嫁の潘金蓮《はんきんれん》とその愛人の西門慶《せいもんけい》が、邪魔になった武松の兄を殺したことを知り、潘金蓮と西門慶を殺すという役回りで、拳法の使い手だったので虎を退治したエピソードなどが書かれています。私の『水滸伝』では、すでに語ったように兄嫁の潘金蓮にずっと想いを寄せていて、ついに潘金蓮を犯して自殺に追いやってしまう。そして、彼女がなぜ自殺したのかを理解できない武松は、自分のせいで死なせてしまったと悔やみ、絶望して川に飛び込んで死のうと試みたりするのですが、どうしても死ねないという設定にしています。虎退治の話も、自ら死のうとして虎と素手で闘ったのですが、気がつくと腕がたつゆえに、虎を殴り殺していた、という話に変えてしまっているのです。

その後の武松は、王進のもとに預けられて立ち直り、梁山泊軍の特殊任務を受け持つことになりますが、梁山泊が童貫に敗れ、魯智深や李逵、宋江らが亡くなったことに絶望し、『楊令伝』では当初、死に場所を求めるような毎日を送っていました。ところが楊令との立ち合いで右拳を切り落とされたことがきっかけで、生まれ変わったかのように性格が変わってしまいます。その後は楊令に忠実に仕えるようになります。

それから、これも五で紹介した花栄という弓の名手も、原典ではその弓の腕前で数々の武功を上げている名将なのですが、私はこの人物を、リーダーとなる多くの資質を持ちながら、何かが一つ足りない、周囲の人間もまた、花栄に何か一つ物足りなさを感じているため、真のリーダーになりえていない人物として描きました。彼は強弓を引くことはできたけれど、どこでその強弓を引くべきなのかが分からなかった。

花栄は、圧倒的に不利な戦いの折、敵も味方も見守る中で弓の神技を披露し、周囲の雰囲気はそれで一変してしまう。強弓を引くべきときをとらえた花栄は、それがきっかけで真のリーダーとして誰からも認められるようになり、実際にそうなるという設定にしています。それはまさに、人生の秋《とき》をつかんだ瞬間といえましょうか。リーダーになり切れないという人物は、いかにも現代にもいそうな個性でしょう。そういった人物が人生最大のチャンスに、自らを一歩高みに押し上げる瞬間を的確にとらえることで、人生を切り開く。そして、真のリーダーに成長するという物語は、現代でも十分に通用する話だと思って、私はこの場面を書いたわけです。

その結果、花栄という人物は原典にはない確かな存在感を持つことができたと思います。実際、花栄は私の『水滸伝』の中でも、非常に読者の人気が高い人物の一人なのです。

所を得て輝いた者たち

戴宗《たいそう》と王定六《おうていろく》のコンビも、私の『水滸伝』における独特のキャラクターです。戴宗は飛脚屋で、幼少期から貧乏だったため、金持ちに対する敵意があって、それが梁山泊に参加するきっかけとなります。王定六は人を殺してしまい、戴宗に逃がしてもらったことがきっかけで、梁山泊軍に加わります。

この二人はともに足が大変に速いという特徴があり、それを生かして梁山泊の情報・通信網の整備に関わることになります。戴宗が飛脚屋と専従の走者による二段構えの通信網を整備し、作品中で走って走って走りまくる人物である王定六は、専従の走者の責任者となります。これに張順《ちょうじゅん》・張横《ちょうおう》の兄弟が、船飛脚などを使ってさらに情報・通信網を有機的に整備していくわけです。

彼らを登場させて描いたのは青蓮寺との情報戦なのですが、その発想は明らかに現代小説的なものです。しかし、その情報戦を『水滸伝』の物語としてリアリティを持って描くには、彼らの存在感が確かなものでなければなりません。もちろん、戴宗にしても王定六にしても、原典には登場しますが情報網などとは関係ありません。梁山泊の戦いにおける情報戦を魅力あるものにするために、私はこの二人にまったく新しい役回りを与えたわけです。

陶宗旺《とうそうおう》という人物は、原典では農民出身で土木工事の知識・経験が豊富であったことから、梁山泊の土木工事全般を引き受ける役割の人物ですが、いわば十把ひとからげにされてしまうような人物なのです。しかし、それでは面白くない。私の『水滸伝』では、山の急斜面に石垣を組んで見事な棚田を作っていたという前歴から、石積みの名手という設定にしています。

陶宗旺が作った石垣は特殊な石垣で、棚田の土を入れ替えるときに、ある一本の石を引き抜くとたちまち石垣が崩れてしまい、土を入れ替えるのが容易になるというものでした。彼はその優れた技術を宋江に見出されて梁山泊軍に加わり、あらゆるところで石積みの技術を生かして活躍します。敵を防ぐために石垣を作り、頃合を見計らって一瞬でその石垣を崩してしまうことで敵を撃退する。

こういうかたちで、人物やその特徴、役割に広がりを持たせて物語の中に屹立《きつりつ》させるというのは、小説的な観点からすると、非常に嬉しい作業です。作者の私自身が、書いていて非常に快感を感じるのです。

存在感のある敵側の人物

私の『水滸伝』では、梁山泊軍だけではなく、その敵側の人物にも、確かな存在感を与えたいという思いから、原典にはない、あるいは原典とはまったく異なる人格を与えた登場人物がたくさん出てきます。

青蓮寺に、史文恭《しぶんきよう》という年老いた暗殺者がいます。すでに引退していたのですが青蓮寺二代目総帥の李富の頼みを受けて復帰し、梁山泊に潜入します。晁蓋の従者として採用され殺す機会をうかがうのですが、すぐには殺すことができない。殺すチャンスはあるのに殺せない。なぜなら、史文恭は殺す相手、すなわち晁蓋を本当に好きになったときにしか殺せない、心から好きになったときに初めて殺すことができるというのです。暗殺には、単に技術が必要なだけではなく、情念が必要だというわけです。実に恐ろしい暗殺者ですし、そうであればこそ、絶対に仕損じることはない。

この人物については、読者からも「実に恐ろしい人物だ」という感想をずいぶん寄せられました。彼は晁蓋暗殺の直後、張青というスパイなどをしていた男に見つかり小指を噛みちぎられますが、その証拠を隠すために自分の手を手首から切り落とすという凄まじい場面があります。その後、梁山泊の物資の管理を受け持つ柴進《さいしん》と、同じく事務方の裴宣《はいせん》の二人を暗殺し、最後は、自分が晁蓋の従者として採用されたときに採用官だった劉唐《りゅうとう》に捕まります。しかし、すでに三人の要人殺害を成功させたことに本人も満足し、一方、捕らえた劉唐は敗北感と自らの責任を感じ、敵である史文恭に敬意を表しつつ処刑することになります。

梁山泊の敵方の人物を魅力的に描くということでは、この史文恭などは非常に成功した例だと思っています。

梁山泊というのは、戦う集団です。となると、戦う相手をどれだけ魅力的に書くかによって、梁山泊自身の魅力も左右されるわけです。それは物語の根本といえるような部分でして、戦う相手に魅力がなければ、主人公が魅力的であるはずがないのですから。その意味では、私の『水滸伝』ではまず青蓮寺、そして禁軍の元帥である童貫を、薄っぺらな、記号のような「敵」ではなく、存在感のある敵として描けたのではないかと、いささか自負しています。

童貫などは、原典では小人物で宋の「四奸《かん》」の一人と称され、史実でも皇帝・徽宗《きそう》の悪政を助長した「六賊」の一人とされているような人物なのです。しかし、私はこの童貫に梁山泊最大の敵にふさわしい人格を与えなければならなかったのです。ですから、私の『水滸伝』における童貫は、宦官であるので男性機能は失っているけれども、「心の中の男までは奪われてはいない」人物であり、最強の軍隊を作り上げて梁山泊を追い詰めます。

原典とは違う役割を生き切った人々

ごく一部を紹介しただけですが、実は私の『水滸伝』の登場人物のほとんどすべては、原典とは違う世界観や人格、役回りを与えられています。原典のキャラクターを利用した場合もあるし、まったく関係がないような人もいます。原典を愛読している方からすると、「なんだこれは?」と驚きを感じるはずです。しかし、その上で、「原典とは違うけれども、面白い。魅力的だ」と、引き込まれてくれるかもしれない。もしそうなれば、小説家としての私は本望なのです。

私の『水滸伝』にふさわしい人間として、立派に屹立してくれた人物には、私自身が感謝するような気分にもなります。よくぞ確かな存在感を持って生きてくれた。そして、死んでくれた、と。私が生み出した人物像ではありますが。物語の必然性という目に見えない力で、彼らは『水滸伝』の中で縦横に人生を生き、生き切った。そこには、作者である私でも抗えないような大きな力が作用しているように思えるのです。

だからこそ、彼ら、とくに原典とはまったく違う役割を「生き切った」人物たちは、たとえそれが物語の中心人物ではなくても、作者である私にとっても心に残る人物であるし、読者から寄せられた数多くの反応をみても、やはり心に残る人々なのだと、私は思っています。

八

『水滸伝』から『楊令伝』へ

『楊家将』と『血涙』——楊氏の系譜を描く意味

私は『水滸伝』全十九巻を書き上げたあと、その続編にあたる『楊令伝』の執筆に取りかかり、現在第十巻まで進んでいます(二〇〇九年八月現在)。また、『水滸伝』の連載がスタートした後、これと併行して宋の建国の時代を扱った『楊家将』という作品と、さらにその続編にあたる『血涙《けつるい》——新楊家将』も書いています。

これらの作品は時系列的なつながりがあるので、一連の作品として扱われたりもしていますが、必ずしも一つの物語として構想したわけではありません。『水滸伝』を書こうと思い立ったとき、その前提としてまず宋代という時代について調べ、宋という国家の権力構造についてもひと通りの知識を身につけようとしました。その結果、宋は文官を中心とした権力構造によって成り立っていることや、それが宋末になると賄賂《わいろ》が横行し構造的に腐敗していたことなどが分かってきます。

すでにご紹介したように、私はそういう知識を念頭に置いた上で、塩と鉄が権力と非常に強く結びついていることを敷衍《ふえん》して、「闇塩の道」という設定を作り、梁山泊の糧道＝経済的なバックボーンとして物語を組み立てたわけです。しかし、そこまでたどり着くためには、宋という国家の創業時代にまでさかのぼって宋の権力構造や権力と塩との関係について理解を深める必要がありました。

前にも触れましたが、宋は趙匡胤《ちょうきょういん》・趙匡義《ちょうきょうぎ》という兄弟が建国し、弟の匡義の血筋が王統を継いだ王朝です。唐が亡んだ後、いくつもの王朝が分立し興亡を繰り返した五代十国の時代が長く続きます。そして、後周の世宗がようやく統一事業に乗り出したものの若くして病死したため、その家臣の趙匡胤が周囲に押されて帝位に即き、九六〇年に建国したのが宋です。弟の趙匡義が二代皇帝（太宗）となると、北方の北漢《ほくかん》を滅ぼして中国の統一を成し遂げますが、さらに北方には内モンゴルを中心に契丹《きったん》人が築いた王朝である遼《りょう》が勢力を張り、宋に対抗していました。

遼は五代十国時代の後晋《こうしん》から燕雲《えんうん》十六州と呼ばれる地域の割譲を受けて漢民族の国家

を脅かしていました。統一を果たした宋はこの燕雲十六州を漢民族の手に奪還しようと遠征軍を送りますが失敗し、以後、金銭を遼に送る見返りに軍事的な脅威から逃れるという和平を取り結びます。金で平和を買ったわけです。

私の『楊家将』という作品は、この遠征軍にも加わった楊一族の活躍を描いた古典文学『楊家将演義《えんぎ》』を元に、『水滸伝』と同じようにまったく独自の物語として作り直したものです。宋の草創期における名将・楊業《ようぎょう》を主人公としています。この楊氏は五代十国時代の軍閥の一つで、はじめは北漢に仕えていたのですが、北漢が滅んだあとは宋に仕えることになります。楊氏は騎馬での戦いを得意としていたことも考えると、北方民族の血が入っていたのだと思います。

このあたりを調べていくなかで、私は軍閥の系譜——楊氏の勃興と凋落——を描かなければ、宋代という時代は描けないということに気がついたのです。宋という国家は、建国当初は強大な軍事力を持っていました。そしてその軍事力をもって北漢を倒そうとし、北漢が倒れると、こんどは遼に奪われている燕雲十六州を取り返そうとした。その中心として活躍したのが、この楊氏なのです。結局、燕雲十六州を取り返すことはできませんでしたが、遼の軍事的脅威を防ぐことはでき、やがて金で平和を買った。

その結果、平和となった宋は、国家の権力構造から軍事力が退場し、民間活力の高まりとともに商業や文化の発達を遂げることができたわけです。全体から見れば、民は豊かになり国は栄えたわけですが、創業期に活躍した楊氏のような軍閥は、徐々に邪魔な存在になっていきます。軍閥というのはそもそも自前の兵力を持っていたのですが、国家による「軍閥解体」が進められ、国家の中に居場所を失っていきました。楊氏も凋《ちょう》落《らく》の憂き目にあい、山の中に潜み暮らすようになりますが、自分たちは宋の建国の功臣であり、武門の誉れの家であるという誇りだけが言い伝えられていった。

その何代目かにあたる人物が、『水滸伝』に登場する楊志です。原典『水滸伝』では建国の英雄・楊業の孫となっていますが、もちろん事実とは違うと思います。けれど、楊一族の末裔であるのは恐らく本当でしょう。ですから私の『水滸伝』でも、楊業の子孫だとの誇りを胸に、先祖伝来の吹毛剣《すいもうけん》という武器を使って活躍するわけですが、この楊志の存在によって、宋の創業期を描いた『楊家将』『血涙――新楊家将』と『水滸伝』との間に、血のつながりのような物語の系譜が巧まずして生まれてきたのです。

ちなみに、これまで宋という国名を用いてきました。しかし、実は宋は梁山泊の反乱が収束したのち、遼を滅ぼした女真族の王朝・金に敗れ、首都開封は陥落。皇帝も北方に連れ去られてしまい、宋はいったん滅亡しますが、その後、皇帝の弟が淮河より南の地に宋を復興しました。そのため、復興したあとの王朝を南宋、それ以前を北宋と一般的には呼び分けているのです。

軍閥の勃興と滅亡の物語

先に『楊家将演義』という古典作品について触れました。私の『楊家将』の発想の元になったものですが、実は完全な日本語訳は刊行されていません。私もダイジェストのような翻訳しか読んでいないのですが、もともと北漢の軍閥だった楊氏が宋の説得を受けて宋に味方するようになり、やがて遼と対決するという基本的なストーリーは私の『楊家将』、そして『血涙——新楊家将』にも貫かれています。物語の前半の主人公である楊業は、のちに悲劇的な死を迎えます。楊業には七人の息子がいて父とともに遼と戦うのですが、物語の進行とともに次々と死んでしまい、六人目の子どもである六郎が生き残り、その系譜が続いてゆくということになっています。

ところが、『楊家将演義』でその先を読むと、六郎の幕下には妖術使いがいて、楊家軍は妖術を繰り広げて敵と戦ったりしている。完全にファンタジーの世界になってしまっているのです。これは私が求める小説観とは相容れませんので、まったく別の話に作り直してしまいました。六郎は父の死後、同じく生き残った弟の七郎とともに自らの力で軍を建て直し、父の遺品である吹毛剣を母から譲り受け、遼との戦いに臨む――という物語にしています。

『楊家将演義』では、楊氏の敵である遼のことはあまり出てこないのですが、私は『水滸伝』を書く際に、宋の正規軍を単なる敵＝悪者として描きたくなかったのと同様に、遼も単純な敵としては描きたくありませんでした。そのため、遼の名将・耶律休哥《やりつきゅうか》に大きな役割を担わせています。この人物は実在の人物なのですが、全身の毛が真っ白なため「白き狼」と呼ばれていたというのは、もちろん私の創作です。軍事的に非常に優れた武将として描いていますが、これは北方系の民族には軍事的に優れた能力を持った人物が多いことから得た着想で、実際の耶律休哥がどうであったかは分かりません。

先ほど、楊氏も北方系の血を受け継いでいるのではないかと述べましたが、遼と同じく北方系の優れた軍事的才能をもともと持つ楊氏が、中国の漢民族に伝わる学問として兵学を修め、しっかり調練・編制された軍を率いて戦えば、蛮勇に突き動かされて攻め込んでくるだけの遼を破ることもできたはずだ、という解釈で物語を描いたのです。

そもそも中国は、春秋戦国時代の昔から北方民族の軍事的な脅威にさらされ続けてきました。万里の長城などは象徴的なものですが、つねに北からの侵略を恐れていたのです。匈奴《きょうど》、鮮卑《せんぴ》、烏桓《うがん》、そして女真族などがそれで、何度も異民族王朝の支配を受けては、漢民族が復興するということを繰り返していました。最後の異民族王朝である清《しん》(女真族の王朝)が滅んだのは、たかだか百年前のことなのです。

彼らは、広くみれば遊牧を生業とする遊牧民で、子どものころから馬に慣れ親しんでいるため、馬に乗って弓を射る騎射《きしや》を難なくこなすなど優れた騎馬能力、戦闘能力を有する人々です。遼を造った契丹族は、必ずしも遊牧民族とはいえないかもしれませんが、遊牧民的な生活や文化を受け入れた民族ではあったでしょう。彼らはその武力のゆえに、漢民族の王朝にとっては脅威でした。

これに対し、宋の側について戦った北方の軍閥を構成していた楊氏などは、その精神においては中華、すなわち漢民族に近かったのだと思います。それでいて北方民族と共通する軍事的才能・能力を持っていたのですから、かれらと遼との戦いは熾烈を極めたはずなのです。北方異民族に近い強さを持つゆえに、その北方異民族と戦う。そこに歴史の面白さがあるのだと思います。

もし、彼ら北方の軍閥連中が遼についていたとしたら、恐らく宋などは程なくして滅ぼされ、征服王朝が中国を支配していたでしょう。しかし、実際には遼は宋と和平を結び、漢民族の文化に同化してゆくことによって軍事的な力強さを失い、女真族の金が成立したときには、もはやこれに対抗する力はなかったのです。これもまた、北方異民族王朝がたどる一つのパターンなのですが、漢民族化する、漢化することで従来持っていた「武」の資質を失ってゆき、王室や政治が軟弱になっていってしまう。その結果、漢民族の逆襲にあうということが歴史上繰り返されてきました。遼の場合は事情が異なり、さらに北方の女真族に敗れてしまったわけですが、契丹族の国家は、こうして終わりを迎えたのです。

もともと女真族は遼の支配下にあり、搾取を受けたことから恨みを抱いていました。女真族のなかにも遼の影響による漢化の波は押し寄せていて、漢民族化した熟女真《じゅくじょしん》と漢民族化が進んでいない生女真《せいじょしん》とに分かれていたのですが、この生女真の部族長の一人、阿骨打《あくだ》が女真の統一を進めて、最後は遼から独立して金を打ち立てる。そして遼を滅ぼし、漢民族の北宋を事実上倒してしまう。このあたりは、私の『楊令伝』の時代背景と重なってくるわけです。

これは北方異民族王朝に限ったことではなく、中国の王朝全般、あるいは洋の東西を問わず、国家というもののすべてに言えることかもしれませんが、国家の創業はだいたい武力を背景としてなされます。したがって、創業期の王朝は武官が支配的な権力を持っています。しかし、徐々に平和な時代が続くと、文官による支配が進み、国家権力の中枢に官僚制が発達する。そうすると腐敗が始まり、国家は脆弱になってゆく。宋という王朝がそうですし、もしかすると現在の中国、いや日本もまた、そういう大きな歴史の流れ——宿命と言い換えてもいいかもしれません——から逃れられないのかもしれません。

『楊家将』の続編『血涙』では、名将・楊業の息子の一人である四郎が、遼との戦いのなかで記憶を失い、遼に保護されます。過去を失った四郎は石幻果《せきげんか》と名乗り、耶律休哥に見出されて遼の将となる。そして、燕雲十六州の帰趨をめぐる宋との戦いに赴き、自らの一族である楊家軍と対決する――という物語になっています。一族同士の戦いというのは、軍閥の末期や、軍事国家としての宋と遼もまた末期的状態にあったことを象徴的に示しています。

民族と国家の興亡という大きな時代の流れを背景として、楊家一族の運命をたどることになるのですが、最終的には、すでに触れたように楊家のような軍閥は滅びてゆくわけで、『血涙』では、その軍閥の終焉を描いています。宋と遼は、一方が金を出し一方が金と文化をもらうという均衡関係に立つことで、平和を手に入れるのですから、軍閥の滅亡は双方にとって都合がよかった。つまり、それは歴史の宿命のようなものだったのでしょう。

『楊家将』と『血涙』という二つの作品では、楊業とその息子たちの二代が同時代に繰り広げた戦いを追いながら、軍閥の勃興と滅亡を同時に描いたことになります。

そういう歴史的な前提があるからこそ、私の『水滸伝』に楊業の子孫を名乗る楊志が登場し、宋に対する反逆の戦いに参加するという流れに、歴史的なある必然性のようなものを盛り込むことができるわけです。宋の初期における楊一族の戦いについて、たとえば私の作品を通してでも知っている人ならば、楊志が登場した瞬間に、両者の因果関係のようなものに思いをいたすことができるというわけです。

ちなみに、楊志という個人が歴史的に実在したかどうかは正直に言って分かりません。しかし、楊家という一族が連綿として続いていたことは疑いありませんし、宋の開封府には宋の太宗が楊業に与えた家というのがあり、太宗の遺言ということでずっと保存されていて、現在でも見ることができます。もちろん、現在の建物は後に復元されたものだと思いますが、楊家という一族が宋の歴史のなかで大事な存在として意識され、その意識が中国の歴史のなかで保持されてきたということは事実なのです。

『楊令伝』――ユートピアを夢見る物語

私は『楊家将』と『血涙』を書くとき、北方の精強な異民族と宋との対決という物語の枠組みに、北方民族の血統――文化的な影響なども含めて――に連なる楊氏が宋の先兵となって戦い、やがて平和が訪れると役割を終えたかのように衰退し、武門の家であるという誇りだけを引き継いでゆくという物語を重ねていくことで、歴史の悲劇性や時代のダイナミズムを作品に持たせようとしたわけです。

その流れは、『水滸伝』の中でも武門の誇りに生きる男、楊志に引き継がれ、北宋末の混乱のなかで、楊志に育てられた養子の楊令に引き継がれてゆくことになります。この楊令という名前は、もともと楊家の父祖にあたる楊業の別名から取っています。楊業は楊令公とも呼ばれていたのです。

そもそも、『水滸伝』そのものについては、原典の『水滸伝』とその注釈書でも読めば、あらかた分かってしまい、それほど掘り下げようがあるわけではありません。ところが私はその物語をどうにかして換骨奪胎して自分の物語、歴史的な背景を背負ったリアリティを持つ物語に書き換えようとしたわけです。そうなると、これは繰り返しになりますが、宋代の歴史を紐解かざるをえなかった。すると、当然のように宋代の初期における楊家という一族の存在が浮かび上がってくる。楊業という人物や楊家一族自体が存在感をもってきて、私の創作意欲をかきたてたのです。そして、その存在感が一つの連環として『水滸伝』、そして現在執筆中の『楊令伝』へとつながってくる。

つまり、私のなかでは、すでに『水滸伝』を書き始める段階で、楊家の父祖の物語、つまり『楊家将』と、その末裔である楊志の物語を含む『水滸伝』、そして楊志の志を継ぐ楊令を主人公とする『楊令伝』を書くということは、すでに一連のものとしてあったわけです。小説とは、そのような一つの連環の中から生まれてくることもあるのです。そこには、歴史に材をとった小説を書くということが持つ、独特の醍醐味もあると思います。

すでに述べたことですが、私は自らの学生運動での体験に重ねて、変革の可能性を信じる情念と、その情念に自らをかけてみようという熱意を、梁山泊に集う反逆者たちの

「志」に置き換えて『水滸伝』を描こうとしたわけです。やがて、それは内部崩壊をして倒れます。そうすると、反逆者であった梁山泊ははたしてどうなるのか。

歴史を振り返ってみますと、反権力というものは、権力を倒したときに自らが新たな権力になってしまう例が非常に多い。反権力であるうちは運動体として成り立っていたのに、倒すべき権力がなくなると、結局は自分たちが新たな権力になり、権力になったとたんに自分たちのあり方が「制度」になってしまう。権力が制度になってしまうのです。そうなると、当然のようにまた新たな反権力が生まれてきます。要するに同じことを繰り返しているわけです。

同じことの繰り返しだということを認識したとき、志を持った人たちはいったいどうなるか。ありえない世界を夢見るようになるのです。つまり、ユートピアです。志に基づいてユートピアを建設しようと夢見るわけです。

私が今取り組んでいる『楊令伝』とは、簡単に言えばそういう物語なのです。

私たち学生運動に参加した若者は、七〇年安保の嵐が過ぎると、何もなくなってしまったのです。闘う相手も連帯する仲間もいなくなってしまった。運動家同士で連帯していたはずなのに、気がつくとみな、企業に就職し、それなりに出世して偉くなったりもしている。かつて「敵」だった機動隊を見ても、「ああ、機動隊だ」と思うだけで、別に石を投げようとも思わない。われわれは何をやるべきなのかも分からなくなってしまい、ただ世俗の海にまぎれてしまった。それが今の日本につながっているわけです。

今の日本が良いのか悪いのかは一概には言えませんが、少なくとも「国の志」のようなものはまったく存在しないでしょう。あるのは数字だけ。極端に言えば金を追い求めるだけになってしまったのです。その姿は、まさにこれまで説明した宋という国の姿と似ているのです。

私の同世代の大多数の日本人は、この国を数字の上で世界一にするということに血道を上げてきました。経済力でも、GNP（国民総生産）やGDP（国内総生産）で世界一となるためになりふりかまわず社会の最前線で奮闘してきたのです。ところが、何のために世界一になるのかについて、ほとんどの人間は真剣に考えてこなかった。つまり、意味も分からずこの国を世界一にしようとしてきたわけです。エコノミック・アニマルなどと揶揄《やゆ》されたりもしましたが、結局、ある意味でこの国は世界一と言ってもいい豊かさを得たし、いくつかの数値では確かに世界一を達成したのかもしれません。

　ところが現在はどうかというと、ＧＤＰはまもなく中国に抜かれて世界第三位に転落するのではないか、と恐れているのが現実です。なぜそんなことを恐れなければいけないのか。中国は日本の十倍以上の人口を抱えているのだから、ＧＤＰが日本より上になるのは当たり前ではないか。一人当たりのＧＤＰで較べればまだまだ問題にならないほどの差があるのに、何を恐れているのか。しかも、普通の人が床屋談義で口にしているのではなく、政治家までもがそういうことを語るのですから、何をか言わんやです。

　私も個人的にはよく知っている政治家が何人かいますが、おおむね「いい人」なのです。しかし、彼らは国家の「制度」についてはいろいろと議論を闘わせていたとしても、国家というもののありようについて真剣に考えているとは思えない節があります。何かを見失っているとしか思えません。

　こういう国は、やはり相当に危うい部分を含んでいると、私は思います。いったん何かあると――たとえば北朝鮮がミサイルを撃ち込んでくるといった国家の危険が現実のものとなったりすると――、とたんにある方向に、国を挙げてなだれ込んでいってしまうという危うさがあると思うのです。実際、まともなミサイルかどうかも怪しいロケットが、もっぱら外交交渉を有利に運ぶためのブラフとして発射されただけで、日本は核武装をすべきだ、核の抑止力を日本も持たなくてはという議論がたちまち沸き起こってくるのですから。

小泉内閣当時のいわゆる郵政選挙のとき、そうした日本人の性向の一端が垣間見えたような気がします。郵政民営化だけが国家の大事であろうはずもないのに、郵政民営化ばかりを争点として選挙が行われ、自民党が地すべり的な勝利をした、あの選挙です。

そういう日本人の危険性を、ではどうすればよいのか。それはその人の置かれている立場によって変わってくるでしょうし、現実的には、個人の力ではほとんど何もできはしません。お前はどうだ？　と問われるならば、私は小説を書くと答えます。優れた小説であれば、物語を通じてそういう日本人が持つ危険な部分をえぐりだして世に警鐘を鳴らすこともできるし、読者の心に深い省察を導き出すことも可能なのです。それこそが小説の持つ力だと、私は思います。

国家とは何かという問い

話が横道にそれてしまったようですが、実は私は、『楊令伝』という作品で、舞台は宋代の中国に置きながらも、目標を失ってしまったときに人は何を求めるべきかということを書いているのです。いったんは童貫が率いる宋の禁軍に敗れた梁山泊軍を立て直し、宋に立ち向かっている楊令は、この段階では確かに優れた人物、人格として物語に登場します。しかし、梁山泊が国家を築き、実際に政治＝権力の実行段階に入れば、その楊令も間違いを犯すようになるでしょう。どんどんダメな部分も出てきます。

そこにいたる前段階での楊令は、国家を倒して新しい国家を造っても、そこにやがて反反対勢力が現れてくるという繰り返し――国家における輪廻のようなものです――は無意味であるということに気づいている、非常に珍しい男なのです。

古い国家を倒して新しい国家を造ることが無意味であると思いいたったとき、そこに現れてくるのは、日本でいうところの「皇国史観」なのです。帝の国を造ろうじゃないかという思想です。「三　王道と覇道」で述べましたように、「皇国史観」は日本では成功しています。孟子が述べたような国家観がそのまま生きているのは、日本なのです。中国では始皇帝の登場によって王道と覇道が一体化してしまったということは、すでに触れたとおりです。

つまり中国には王道がない。王道とは、国家を統一する一つの方法論なのです。大権力者、すなわち覇者が倒れて国家が混乱したとき、王道が復活して秩序をもう一度回復するというわけです。その王道がないということは、誰か新しい権力者が出てきて新しい王になるしかない。

そういう中国の現実に対し、楊令や梁山泊は、自分が新しい権力者や王になるということに意味がないとすでに認識してしまっているわけです。すると彼らは何を求めるかというと、ユートピアなのです。国家の輪廻という歴史的な現実から逃れるために、ユートピアを造ろうとする。しかし、本当にユートピアができるかと言えば、それは不可能なのです。ユートピアができてしまったら、周囲の人間や国家は非常に困る。たとえば卑近な例を挙げると、税金を一割しか取らない国があったとすると、税金を四割も五割も取っている周りの国にとっては非常に都合がよくないということがお分かりいただけるでしょう。だから、彼らはその動きをなんとしてでも潰すわけです。

『楊令伝』という小説は、ユートピアは必ず潰されるということを、小説の中で実証しているようなものなのです。作品中の梁山泊は、交易で儲けているため税金も安く、戸籍もきちんと作り、誰もが豊かに暮らしているような場所として描いています。まさにユートピアなのです。

周りの人間は、みなそこに行きたいと思う。しかし、そんなことを思うようではダメなのです。自分たちが住むところをユートピアにしようと思わなければ。もし、みなそう思ってくれるなら、ある程度地域差はあるにせよ、国は全体的にはユートピアといえる状態になって、今までになかった国家ができるのではないか。この作品は、そのような国家観を持つヤツはいないのかという、私の問いかけでもあるわけです。

新しい国を造ろうという思想の動きは、その目指す国がたとえユートピアではないにしても、既存の国家や権力にとっては非常に都合の悪いものです。新国家建設というものは、既存のすべてのものにとって都合が悪い。全員が諸手を挙げて新国家建設を受け入れるということはありえません。もしありえるとしたら、それは自らが権力者となって有無を言わせず新しい国家観を受け入れさせるしかありません。

自らが権力者となって王朝を開けば、当然これに対する反対勢力が生まれてきて……という、先述の国家の輪廻に落ち込んでしまう他はないのです。しかし、それが国家の歴史の現実だとするならば、梁山泊が目指すユートピア建設は、歴史に逆らうということになります。となると、それは必然的に敗れざるをえない。すると当然ながら負けるわけです。

そういったことを念頭に置きつつ、国家とは何かという問題を物語の中で突き詰めていったのが、『楊令伝』という作品なのです。

さらに言えば、国家とは何か、権力とは何かという問題を、もっと突き詰めて考えてほしいという、世の為政者に対する問いかけも、この作品には含まれています。権力とは何のためにあるのか。権力はうまく行使すれば、民のため国家のためになるわけです。逆に言えば、国家とは何かということを考えない限り、権力などというものを持ってはいけないという、真摯な問題提起でもあります。

もちろん、あくまでも小説ですから、面白くなくてはなりません。そうでなくては、読む人の心を揺り動かすことなどできはしないからです。しかし、物語の面白さの奥に、こういったメッセージを十全に書けたならば、私は小説家になって本望だと心から思っています。

史実の制約の中で

私の『水滸伝』や『楊家将』『血涙』には、原典『水滸伝』や『楊家将演義』といった、発想の元となった作品が存在します。換骨奪胎してまったく新しい私の作品に作り直しているとはいえ、設定や時代状況などについては、原典のあり方を敷衍《ふえん》したり応用した部分もあります。それに較べて、現在、執筆中の『楊令伝』については、そういった原典による制約はありません。

ところが、『楊令伝』の場合には、史実の制約という、より大きな問題が立ちはだかっています。物語の舞台となる時代は、北宋が滅ぶころ。遼を滅ぼした女真族が金を建国して南下を進めてきたり、新たに南宋が誕生したり、あるいは各地に軍閥が盤踞《ばんきょ》してくるといった、動かしがたい歴史的な事実があります。そうした歴史的な事実の中で物語を進めていかなくてはならないのですから、むしろ原典があるよりも制約はきついと考えた方がいい。

さらにそういう動かしがたい状況下で、梁山泊の連中はどうやってユートピアを建設するのか、という話にするわけですから、これはかなり難しい作業が必要なのです。

具体的には、新しい国づくりをはじめた梁山泊では、徴兵制を採用して兵が少なくならないようにする、あまり国土を広げて防衛線が広くなりすぎないようにする、金をしっかり備蓄する、その金を奪われないように強い軍隊を維持する。そして国民はみな豊かで幸福に暮らせる国づくりをする。その結果、あそこに攻め込んだら徹底的にやられてしまうとだれもが認めるようになり、他の国や勢力とは次元の違う国になるだろう。それを見て、周りの人間も「ああいう国を造ろう」と同じような努力をすれば、互いの交易もすぐに始まるだろうから、だれもが豊かになれる――そんな世界観、国家観のようなものを、楊令には持たせているのです。

もちろん、それが本当にうまくいってしまったら、歴史の改変ということになりますので、ありていに言えば、どこかで失敗する運命にあるのです。ユートピア建設という、ありえない企みを描きながら、それを絵空事ではなく、歴史的な制約を踏まえた上で描くためには、さまざまな道具立てが必要となるのです。

実は、そこで参考にした史実の事例もあります。遼の皇族で、軍閥の一人である耶律《やりつ》大石《たいせき》という人物は、この時代に西域のタクラマカン砂漠に移り、もともと小さい部族しかいない地域に西遼という国を造り自ら帝になります。この国では税金を取っていませんでした。タクラマカン砂漠を通る南路と北路ふたつのシルクロードの通行料で収入を得ていたわけです。税金を取らないとなると、それまでまとまった国家というものがなかった地域であるにもかかわらず、みな国家建設やその国の支配下に入ることにあまり抵抗しないのです。しかも、税金を取らないとなると、なぜか戦争も起こらない。だから耶律大石はたかが三万程度の軍勢でもって国家を建設することができたのです。

犯罪を取り締まる警察の機能は、もちろん必要です。そしてシルクロードを通る商隊の安全を確保し、彼らから通行税を取り立てるというシステムさえきちんと管理していればよかったわけです。

『楊令伝』と同じ時代に、現実にそういう国家があったわけですから、税金のない国家＝ユートピアというものを描く上で、この西遼の存在は非常に示唆的だったのです。梁山泊が勢力を広げた地域というのは、西遼とは比較にならないくらい豊かな産物に恵まれた地域でもありますので、西遼と同じような手法で税金をドンドン安くすれば、豊かな国、つまりユートピアに限りなく近い国ができるはずなのです。

繰り返しますが、あくまでもこれは幻想なのです。ユートピアは実現しません。しかし、楊令という人物はそれが可能だと思い、そういう国づくりを目指してしまった。ですから、『楊令伝』の後半では、ユートピアの可能性を信じてしまった楊令という人物の悲劇が描かれることになると思います。

私の『水滸伝』は、梁山湖を本拠とする梁山泊軍が童貫に敗れた段階で、一つの物語としては完結しているのです。ただし、生き残った人々はいるわけで、彼らが楊令という人物を中心に新しい『水滸伝』を始めた、それが『楊令伝』なわけです。彼らは、何かを毀《こわ》そう――宋を倒そう――としたのではなく、何かを新たに建設しようとしているのですから、これは始めから失敗する運命にある。歴史上、国家レベルで新しいものを建設してゆこうとするならば、たとえばモンゴル帝国・元のように強大な武力を駆使して西から東まで国家を強圧的に制圧し、すべての権力を握る必要があるのです。そのためには、凄まじい規模の戦が必要となり、おびただしい血が流れることになります。

そうでなければ、新たなものを建設していこうなどという企みはやがて潰えてしまい、ときに悲劇的な結末を迎えるものなのです。

梁山泊第二世代の物語

『楊令伝』には、『水滸伝』から引き続いて登場する人物もいますが、大まかに言えば、梁山泊第二世代の物語です。彼らはいわば二世なわけです。二世というと、日本では政治家の世襲の問題が指摘されていますが、彼らを見ても分かるように、二世がみな優れているなどということはありえません。それどころか、自分の才能を鼻にかけたりするような、問題のある人間が少なくない。問題児だらけと言ってもいいくらいでしょう。

ですから梁山泊第二世代にもそういうあまりできの良くない人間がいて、同盟相手の金や敵である青蓮寺（南宋の復興を果たします）からの誘いに乗ってしまうようなことも起こってくるわけです。

『水滸伝』で活躍した好漢たちの後継者が、みなできの良い人物、優等生ばかりで、親の遺志を継いでみな勇敢に戦いましたなどとしたら、それはおとぎ話になってしまい、つまらないでしょう。もちろん二世でもちゃんとした人もいますし、そうでない人もいる。それが当然のことなのです。その、ちゃんとしていない人をも、私は『楊令伝』の中で魅力的に描こうとしています。

楊令の掲げる国家観は現実的ではない、そう思った瞬間に、その人は梁山泊に身を置いている必然性を失ってしまいます。そこで、金と結ぼう、あるいは南宋と結託しようという人が出てくる可能性は十分にある。彼らはそこで初めて権力に基づく国家観というものに近づいてゆくわけです。梁山泊においては、権力に基づく国家というものは相容れないものなのですから。

権力に基づいて国家を築く、そして国家に基づいて権力を確立するというのは、歴史が教えてくれている国家観なのです。これに逆らうというのが梁山泊なのですが、当然、付いていけない人は出てきます。たとえば二世の中にもそういう人は出てきます。彼らは周囲からだらしがない人間だと思われていたりもするのですが、よくよく読んでみると、実は優れた部分があるのではないか、と読めるように書いたりもしているのです。

楊令にしても、すでに触れたように梁山泊を復興してユートピアの準備をするまでは完全無欠な人間なのです。しかし、やがて軍事情勢を含めた周囲の状況が変わってきて、ユートピア建設は難しくなってくる。梁山泊が孤立するような状況も出てきます。そうすると、楊令は自分の目指すユートピア建設が間違っていたのではないかと思い始める。そうすると、楊令はもはや完全無欠ではありえなくなります。その人格の崩れ方を鮮やかに、魅力的に描くためには、あらかじめ楊令を完全無欠であるかのように描かなくてはなりません。完全無欠の鎧《よろい》が崩れたときに、初めて人間・楊令の人間性や魅力が見えてくるのです。それもまた、小説のひとつのありようとして、魅力的なわけです。

『楊令伝』は、十五巻で完結する予定です。梁山泊のユートピア建設という夢は、当然のごとく失敗しますが、それですべての人が死んでしまうわけではないでしょう。しかし、現段階で、私が『水滸伝』にまつわる物語として考えているのはそこまでなのです。そこから先は、神のみぞ知るといったところでしょうか。

九

中国の歴史、その豊穣な世界

『大地』との出会い

中国の歴史を描いた文学作品は内外に数えきれないほどありまして、歴史に忠実な作品もあれば、フィクション性の高いものもあります。私が一番最初に読んだのは、パール・バックの『大地』という作品でした。中学生のころ、当時の河出書房から出ていた世界文学全集所収の二巻本を読んだのが最初だったと思います。『大地』は、アヘン戦争当時の中国を舞台とする作品で、貧農の主人公・王龍(ワンルン)が、富豪が手放した土地を少しずつ買い集め、やがて大地主になってゆくという物語で、続編まで含めると、その息子たち、孫の代まで続く大河小説なのです。

この作品には匪賊《ひぞく》というものが出てきます。掠奪《りゃくだつ》・暴行を組織的に行う集団のことですが、当時の日本人には馴染みのないものだったので、非常に印象的だった記憶があります。また、大雨が降るとあたり一面が水浸しになってしまい、いくつかの丘だけが水に浮かんでいて、そこに匪賊がたむろしているという、いかにも中国ならではの光景が描かれていたことを憶えています。

パール・バックという人は、中国で暮らしたアメリカ人宣教師の娘でして、その目から見た当時の清という国の姿が、『大地』には描かれています。したがって、当の中国人よりも、客観的な視点で見た中国の姿だともいえると思います。もちろん、それがすべて真実かどうかは分かりませんが、私はこの『大地』を通して、英雄・豪傑の物語より先に中国の普通の人々の生活に触れたわけで、割とオーソドックスな形で中国の歴史に接したように思います。

同じころに、私はロシアのミハイル・ショーロホフが書いた『静かなるドン』という作品も読んでいるのですが、この作品にはドン川という川が非常に印象的に出てきます。このドン川と、『大地』に出てくる河水（黄河）とを較べてみると、川のありようがまるで違うのです。ドン川は静かにゆったりと流れている。ところが河水は雨が降るとしばしば氾濫し、大暴れをする。それが中国なのだろう、中国の土地柄なのだろうという

黄河（潼関付近／著者撮影）

印象を受けた記憶があります。河水が暴れるように、中国の民もまた、暴れることがある。暴動を起こすわけです。そうすると、民衆暴動をきっかけに王朝が替わる。それもまた、中国という国のありようだと思うのです。

『大地』に描かれた当時の中国は、軍閥が各地に盤踞する戦乱と混乱の時代でした。その後、長く戦争の時代が続いて、やがては農民を中心に組織された共産党が政権をとるということになるわけです。そうすると、どうも暴れ川となる河水が象徴的なように、地形が国を表しているということがあるような気がします。『大地』という作品は、そういう中国特有のありようを、客観的に、しかも象徴的に取り出した作品だったのではないかと思います。この作品はピュリツァー賞を受賞し、パール・バックものちにノーベル文学賞を受賞しています。

『李陵』の影響と『史記』の執筆

その次に私が読み、深く感銘を受けた作品として、中島敦の『李《り》陵《りょう》』を挙げておきたいと思います。李陵というのは漢の武帝のころの武人で、蘇武《そぶ》という僚友がいました。李陵は北方の匈奴の討伐に赴き、捕虜になってしまいます。武帝は李陵が敵に寝返ったと勘違いし、その妻子を殺してしまう。帰る理由を失った李陵は匈奴で妻を娶り、匈奴で生きてゆく覚悟を決めます。一方、同じく匈奴に囚われの身となった蘇武は、決して匈奴に従おうとはせず、バイカル湖のほとりに追いやられて辛酸を舐める。そして李陵の説得にも応じない。『李陵』というのは、この二人の友情を中心に描いた作品で、非常に短い小説なのです。

私は最初に読んだとき、何しろ中国の官名や馴染みのない難しい漢語が出てくることもあって、なんとなく面白そうだとは思いながらも、歯が立ちませんでした。当時、高校生の私は、この作品をしっかりと読み込むところまではいかなかったのです。その後、大学生になってからも読み返したりしたのですが、やはり中国の歴史についての知識がそれほどないということと、なにより官位や役職についての用語が分からなくて、完全に読み切ったという感じはつかめなかった。にもかかわらず、物語を凝集して短い言葉で読み手に伝えるという、小説のもつ醍醐味がこの作品にはあったのだと思います。そこに私は非常に大きな影響を受けました。特に『李陵』の文章には大きな刺激を受けたと思います。

その後、官職などの知識も含めて、中国の歴史を改めて学んでみようと思い立ちまして、まず『史記』を読み、『漢書』にも手を伸ばしました。この『漢書』には、所収の「列伝」ごとにものすごい数の注が付いているのですが、この注を首っ引きで読んでゆくと、官位にしても地方の地名にしても、難しい用語や事柄がすべて分かるようになっているのです。それを読んだ上で、改めて『李陵』に戻ってみると、実によく分かる。『李陵』が実に簡潔な小説だということも、改めて実感できるのです。

『李陵』という作品は、突き詰めて言えば「一行詩」なのです。季語も何も入っていない俳句のようなものです。一つの言葉の中にいろいろな意味がこめられていて、吟味された言葉の水面下に豊穣な言葉の世界がある。私はこの作品から、短編小説のあるべき姿のようなものを教わったように感じています。

自分には『李陵』が書けるだろうかと自問しますと、それがとてつもなく困難であることは分かります。ここまで言葉を吟味し、言葉の意味を凝縮して、なおかつ現代の読者の心に届く小説が書けるかというと、非常に難しい。『李陵』の世界に伍すものを書こうとするならば、大長編小説を書くしかない。私はそう思い、漢の武帝の話を書こうということになった。武帝を書くとなると、当然、司馬遷《しばせん》も出てくる。司馬遷という人は、李陵を弁護したために宮刑（去勢される屈辱的な刑罰）を受けたわけですから、当然、李陵も蘇武も出てくるし、匈奴と戦った名将・衛青《えいせい》とその甥の霍去病《かくきょへい》も出てくる。

その作品は、私が現在、執筆中のもう一つの作品『史記 武帝紀』なのです。

原典の『史記』は、実際には司馬遷の父司馬談が執筆を開始し、司馬遷が完成させたものです。宮刑を受けた司馬遷は、自ら死を選ぶことを考えるほど懊悩しますが、『史記』を書き上げるまでは死ねないと思い定め、執念で『史記』を完成させたのです。

武帝という人は、漢代でもっとも在位期間が長く、名君といわれることもあれば、暴君の誹《そし》りを受けることもある。その両方の側面を持っていたのかもしれません。いずれにせよ、『史記』の記述によって名君であったり暗君であったりしたのかもしれませんし、時期に見る限り、司馬遷という人は武帝に対して非常に冷ややかな視線を注いでいることが分かります。むしろ『漢書』の方が、武帝についてはしっかり書き込んでいるように思えます。『史記』では、武帝のことを冷ややかに扱うために、武帝に引き立てられて将軍となった衛青と、霍去病の対匈奴戦争の英雄二人を、あまり良く書いていないのです。『漢書』では、もちろんこの二人の活躍は生き生きと描かれています。それでいて『史記』は、李広《りこう》という将軍については非常に好意的に書いています。なぜなら、この李広の孫が、李陵だからです。

いずれにせよ、原典の『史記』には、司馬遷の心理的なものが影を落としているように思えてなりません。だから私が『史記』を書く際は、もちろん司馬遷の『史記』を念頭にはおいていますが、むしろ『漢書』を手元において参考にしつつ書いている場合が多いのです。そうでないと、司馬遷の心理状態や情念に引きずられてしまう危険があるからです。

正史が与えてくれるもの

実は、『三国志』を書いたときも同じようなことがありました。『三国志演義』ももちろん読んではいましたが、執筆にかかってからは、ほとんど正史『三国志』しか見ませんでした。すると、『演義』の中に出てきたエピソードをつい書かずに済ませてしまうことがあるのですが、そういう話はだいたいが荒唐無稽な話であったりするので、私のなかではとくに問題にはなりませんでした。

有名な「桃園の誓い」という場面があります。これも正史には記述がありませんので、私の『三国志』にも出てきません。だいたい三人の男が初対面にもかかわらず生死を共にしようと誓い合うというのは、あまりにもできすぎた話ですし、劉備《りゆうび》が自分は中山《ちゆうざん》靖王《せいおう》の末裔だと名乗っただけで、関羽《かんう》と張飛《ちようひ》が劉備を崇め奉るなどというのも、リアリティを感じさせません。運命共同体になろうとまで考える人間の心理というものは、もっと違うものだろう。私はそう考えていましたので、別に「桃園の誓い」は私の『三国志』には必要なかったのです。

不十分かもしれませんが、取りあえず『李陵』を読んだあと、私は原典の『三国志』も『水滸伝』も読みましたし、吉川英治の『三国志』も、そのころ読んだはずです。『三国志』については、正史も『演義』も読んだので、吉川『三国志』で、どこが吉川さんの創作なのかもよく分かりました。

中国共産党の大物に、朱徳《しゅとく》という人物がいました。人民共和国の建国に大きな役割を果たした軍人で、毛沢東とともに「朱毛」と並び称されるほどだったのですが、あるとき演説でこう言ったそうです。赤壁《せきへき》の戦いのとき、周瑜《しゅうゆ》が曹操《そうそう》を追撃していれば、圧倒的に勝てただろう、と。ところが、曹操軍がコテンパンに負けて、曹操自身、命からがら逃げ延びたと記しているのは、『三国志演義』であり、正史『三国志』にはそんなことは書かれていません。朱徳は明らかに『演義』しか読んでいないわけです。正史の記述で赤壁の戦いを見ると、かなりきわどい戦であったことが分かります。ついでに言うならば、赤壁の戦いにおける劉備はあくまでも脇役で、戦いに参加してもしなくてもどうでもいいような存在です。あくまでも赤壁の戦いは魏と呉、曹操と周瑜との戦いだというのが、正史の記録するところなのです。

曹操は水軍の大船団を率いていたにもかかわらず、なぜか烏林《うりん》より先に進むことができませんでした。これは一つの謎なのですが、赤壁の戦いに参加した呉軍の軍勢が三万と、呉の国力からすると少なすぎることからも、恐らく私は、烏林から呉の都である建業にかけて、長江の沿岸に魏軍を待ち受ける呉軍の罠がしかけてあったのではないかと推測しています。それを察した曹操は、烏林で水軍の船を鎖で繋いでストップをかけたのでしょう。その軍勢は実に八十万人だったとも言われています。結果として、疫病が流行り大被害をもたらし、さらに船に火をかけられ、陸上の陣営も敵襲を受ける。曹操は、この段階ですでに不利を悟り、致命的な大敗を喫する間もなく北方に逃げてしまっています。正史をきちんと読む限り、朱徳の言うように周瑜が曹操軍を追撃できるような状況ではなかったのです。

『演義』だと、あらかじめ諸葛亮孔明は曹操の逃走を予見して、関羽に先回りして待ち伏せさせるという設定になっていますが、とてもそんな余裕はなかったはずです。

『三国志演義』を読んでゆくと、単に正史との齟齬《そご》があるというだけでなく、とうてい考えられないような逸話が少なくありません。一番顕著なのは、張飛の扱いです。いくら主君と義兄弟だとはいえ、酒に酔って寝ている間にみすみす留守を預かる城を敵に奪われてしまい、それどころか主君の妻子を置き去りにして逃げてしまったにもかかわらず、簡単に許されてしまう。いくらなんでも、ありえない話でしょう。私は正史『三国志』の記述をにらみながら、恐らく張飛が城を放棄したのには、その城を維持できない何らかの理由があったからだろうと推測し、私の『三国志』ではその推測を物語に盛り込んでいます。

私の『水滸伝』を書く際にも、正史である『宋書』はずいぶん参考にしました。もちろん、『宋書』には梁山泊の話などは出てこないのですが、宋の時代の雰囲気は分かってくるのです。また、『宋書』の列伝を見てみると、武官よりも文官の列伝のほうがずっと多いことにすぐに気づきます。そうすると、やはり宋は文官の時代だったのだというこことが何よりもよく分かるのです。原典の『水滸伝』からはまったく違う話に作り直すつもりでいましたから、執筆に入るときにはあえて『水滸伝』を読まないようにしましたが、宋という時代はどんな時代だったかというような根本的な部分は正史の『宋書』を読むことで押さえておいて、そこから物語に入ってゆくという形をとったのです。

すでに何度かご紹介した禁軍の元帥・童貫などは、『宋書』を読む限り、どうしようもないダメな人間にしか見えません。ところが、最期に上半身を裸にされて首を打たれる場面があり、宦官であるにもかかわらず、筋骨隆々のがっちりした体だったという記述があるのです。だとすると、相当な鍛錬をしていたはずでしょう。そこから敷衍して私は童貫のイメージを積み上げていったわけです。歴史上の人物を描くとき、同じように断片的な記述からイメージを作り上げてゆくということは、よくあることなのです。

書いてみたい人物たち

現在、私が執筆中の『史記　武帝紀』は、漢の武帝の時代を描いていますが、実は武帝の時代だけを描きたいと思って『史記』の小説化に取り組んだわけではありません。日本の作家が書いた中国物で一番最初に触れたのが中島敦の『李陵』だったこともあり、私はまず李陵を書いてみたいと思った。そのためには、漢の武帝を書かなくてはなりません。先ほど申しました理由で、大長編小説にしなければならない。となると、武帝の命令で西域に赴き、大月氏と同盟関係を築こうとした張騫《ちょうけん》という人物なども視野に入ってきます。張騫の西域における冒険譚なども書けるでしょう。もちろん、衛青と霍去病の軍事的な才能も書くことができるわけです。特に霍去病などは、わずか二十四歳で病死してしまいますが、それまでに匈奴を徹底的に打ちのめしているわけですから、小説的な魅力に溢れています。現在、執筆中の『史記』は、「武帝紀」とサブタイトルをつけていますので、ここまでは書くことができるはずです。

司馬遷の『史記』は伝説上の五帝王の一人である黄帝《こうてい》の時代から筆を起こしているのですが、さすがにそのころの記述は神話・伝説の世界であって、人間のドラマとしては成立しがたい。次に殷《いん》・周の時代ですが、これははっきり言ってあまり面白いとは思えませんでした。そして春秋戦国時代に入るのですが、これは戦乱の時代だけあって実に面白い。魅力的な人物もたくさん登場します。もちろん、戦乱の統一期、つまり始皇帝の時代も非常に面白いと思います。

始皇帝の秦《しん》という国は、もともと西方の小国で、他の国からは野蛮な国だと蔑まれていたほどの辺鄙《へんぴ》で貧しい国でした。他国からすると侵略するほどの意義も感じないので、かろうじて国を保っていたというのが実情でした。ところが、第二十五代の孝公のとき、徹底した法による統治を掲げる法家の商鞅《しょうおう》が登用され、法による支配を徹底し、行政改革を徹底しました。その結果、秦は中央集権を実現して経済力もアップし、当時としての近代国家に生まれ変わるわけです。

ところが、こうした改革を成し遂げた商鞅は、恨みを持つ反対派の策謀で失権し、他国に逃亡しようとするところ、旅券のないものは泊められないと、商鞅自身が定めた法律を楯に宿泊を拒否されるという皮肉を味わったのち、処刑されます。こういう人物など も、ぜひ書いてみたいと思わせる素材だと、思っています。もちろん、そうした商鞅の遺産によって中国の統一を果たした秦の始皇帝も、出自が怪しかったりという小説的な魅力に溢れていますので、ぜひ書いてみたい人物の一人です。

もちろん、先のことは分かりませんが、秦の時代、しかも始皇帝が登場する以前からの物語は、いずれ取り組むことになるのではないかと予想しています。なにしろ「武帝紀」もまだ緒に着いたばかりですので、読者の方にはっきりとお約束することはできませんが、ぜひ書きたいという思いを持っていることは、間違いありません。

中国の歴史は創作の宝庫

『三国志』に続いて『水滸伝』を書いたことで、私は中国の歴史を書く作家としてもある程度認知されたと思っています。中国の歴史はもちろん調べてみれば大変面白いものがありますし、中国人のものの考え方や世界観のようなものも、日本人のそれと比較して、その違いも含めて理解できるようになってきました。

しかし、これは何度も言っていることなのですが、現代の日本人である私には、中国人――しかも歴史上の中国人――のありようについて、正確に再現することなどはできようはずもありませんし、そんなことは目指していません。私が書く小説は、その舞台こそ時代を越えて遠く中国の文物を描いていますが、人の心のありようや生き様といったものは、あくまでも私が理解するところの人間、つまり、現代の日本人のものに他ならないのです。もっと正確に言えば、私自身の人生観や人間観を反映したものしか、本当の意味では書きえないものだと、私は思っています。つまり、『三国志』にせよ『水滸伝』にせよ、現在執筆中のその他の作品にせよ、登場人物の言葉やものの考え方は、すべからく私のうちから発したものであるはずなのです。もちろん、私自身が「こうありたい」という理想の表現であったりもするわけですが。

ですから、現代ものの小説を書いていても、中国の古代を舞台とする小説を書いていても、作家としての私の取り組みには本質的な違いはありません。男の死に様、生き様を描くことで、読む人の心を動かす小説を書く。その姿勢は、恐らくどんな作品に取り組むにしても変わらないものでしょう。中国の歴史には、そういうスタンスの作家である私にとって、想像力をかきたてられる素材としての人間が無限に登場します。その意味では、中国の歴史を舞台とする作品は、私にとって作家活動の糧を無限に提供してくれる宝庫なのだと思っています。『三国志』『水滸伝』という大長編小説を書いた後でも、その考えは変わりません。

私はこれまで、自分は短編小説に向いている作家だとずっと思い込んでいました。それが、この二つの作品、とくに全十九巻、原稿用紙にして約九千五百枚に及ぶ『水滸伝』を完結したことで、私は自分に長編作品をきっちりと完結させる力があることに自信を深めたということはあります。体力的にはピークを過ぎているとはいえ、火事場のバカ力のように、潜在能力の極限に自らを意図的に持ってゆく、つまりポテンシャルをコントロールしつつ発揮するという能力も、これらの作品を相当に厳しい締め切り状況の中で書き上げることで、自らつかんだのではないかと思っています。

もちろん、以前に較べれば中国の歴史にもずいぶん詳しくはなりました。しかし、なにも中国の歴史を正確に復元しようとか、確認できる歴史的な知識をすべて書き込もうなどという考えは、私には微塵もありません。これは文学観の違いという問題だと思いますが、歴史小説をそのようなものとしてとらえる方もいることでしょう。それはその方のお考えですから、私はなにも申し上げるつもりはありません。

かつて柴田錬三郎さんがこうおっしゃったことがあります。江戸時代の人が増上寺の大門の前から深川まで駕籠に乗るとしたら、窓から何が見えるか、道の幅はどれくらいでどういう家並みか、その程度のことは、俺は調べて知っているから全部見える。しかし今、増上寺の前からタクシーに乗った人を小説に書くとして、窓からあれが見えた、これが見えたなどと、そんなことを書くわけがないだろう。駕籠に乗っている人だって、いろいろと他のことを考えたりするもので、それが人間であり、小説なのだ、と。

柴田さんは、駕籠賃がいくらかだって知っているけれど、必要がなければそんなことは小説には書かない。タクシーに乗るたびにタクシー代がいくらかかったかを書く小説などありえないだろう、とおっしゃっていたのです。歴史を舞台とする小説を書くにしても、そういうふうにして現代人の感覚にあわせていかなければならない。たとえば切絵図をじっと見てイメージを組み立て、町のありようがすべて分かっていれば、それを書かなくてもいい。それが柴田さんのお考えでした。私も、この考えには同意できます。

私自身、小説は人の心を揺り動かすために書かれるものであり、そのためには読者をひきつける魅力、物語の面白さが絶対的に必要だと思っています。面白くなければ小説ではない、と言ってもいいと思います。その前提において、小説のストーリーや描写にリアリティを持たせるために、歴史的な知識を援用するということは、当然あります。歴史的に動かしがたい事実に立脚しつつ、そこから作家的な想像力の翼を広げてゆくのが私の小説作法であることは、すでに三で触れました。

そのようにして、中国の歴史に取材した作品を、私はこれからも書き続けることでしょう。私の『水滸伝』に心動かされ、十九巻という長丁場に付き合っていただいた読者の方には、その期待を裏切らない作品を描き続けることで報いたい。たとえば続編である『楊令伝』において、あるいは舞台を変えた『史記』において――。

＊本書の一、二、三、六は、「NHK知るを楽しむ・歴史に好奇心」で二〇〇八年九月に放送された「『水滸伝』から中国史を読む」の番組テキストを元にし、新たに四、五、七、八、九を加えて構成しています。

編集協力＝安田清人（三猿舍）
松村理美（青丹社）
福田光一
DTP＝VNC

北方謙三
（きたかた・けんぞう）

1947年、佐賀県唐津市生まれ。中央大学法学部卒業。81年『弔鐘はるかなり』で本格的に作家デビュー。83年『眠りなき夜』で吉川英治文学新人賞、85年『渇きの街』で日本推理作家協会賞長編部門、91年『破軍の星』で柴田錬三郎賞、2004年『楊家将』で吉川英治文学賞、06年『水滸伝』全19巻で司馬遼太郎賞を受賞。ほかに著書、受賞多数。現在『水滸伝』の続編『楊令伝』を執筆・刊行中。

NHK出版 生活人新書 300

北方謙三の『水滸伝』ノート

二〇〇九（平成二十一）年九月十日 第一刷発行

著者 北方謙三

発行者 遠藤絢一
発行所 日本放送出版協会（NHK出版）
〒一五〇—八〇八一 東京都渋谷区宇田川町四一—一
電話 （〇三）三七八〇—三三二八（編集）
（〇五七〇）〇〇〇—三二一（販売）
http://www.nhk-book.co.jp （ホームページ）
http://www.nhk-book-k.jp （携帯電話サイト）
振替 〇〇一一〇—一—四九七〇一
装幀 山崎信成
印刷 誠信社・近代美術 製本 笠原製本

ISBN978-4-14-088300-6 C0222

Printed in Japan

□さらりと、深く。——生活人新書　好評発売中！

281 人生を幸福で満たす20の方法 ●三宮麻由子

絶望の中でも生き抜いてみよう！ そこにきっと幸せが待っている。幼くして視力を失ったエッセイストが綴った渾身の体験的幸福論。

282 ことわざで学ぶ仏教 ●勝崎裕彦

難解とされる仏教の教義や思想を日常生活に引き寄せ、時に笑いながら、時にうなずきながら、ことわざから学ぶ楽しい仏教入門。

283 雇用大崩壊 失業率10％時代の到来 ●田中秀臣

戦後最悪の経済不況のなか、気鋭の経済学者が、働く人々の不安と希望の喪失という現状を描き出し、解消の道を探る緊急提言の書。

284 聞き書き ダライ・ラマの真実 ●松本榮一

肉体を通して語られた言葉より、ダライ・ラマの素顔、そして思想の核心へと迫っていく。亡命から50年、守り続けてきたものとは。

285 脳活！ 漢字遊び ●馬場雄二

「直観系」「分解系」「観察系」など、6つの「脳力」を鍛える漢字パズル。漢字の魅力を再発見する、遊び心あふれる１００問を収載。

286 プロフェッショナルたちの脳活用法 ●茂木健一郎 ＮＨＫ「プロフェッショナル」制作班

『プロフェッショナル』の番組で出会ったプロたちの仕事への取り組み方を、脳科学で読み解き、誰もが使える〝脳活用法〟として伝授。

287 王貞治に学ぶ日本人の生き方 ●齋藤 孝

野球人としての軌跡を振り返りつつ、人間王貞治の魅力に迫り、その謙虚さ、情熱の強さに、理想の日本人像を見出す。

288 オバマの言語感覚 人を動かすことば ●東 照二

「この人は信頼できる」と思わせるのは、他者中心主義の言語感覚である。人を惹きつけ、巻き込み、動かすオバマのことばの本質にせまる。